蜜ざんまい

藍川 京

祥伝社文庫

目次

一章　箱の中

野暮《やぼ》用が終わり、近くの四谷《よつや》三丁目駅に向かって歩いていた加勢主水《かせもんど》は、ふっと細い路地に目を向けた。

二、三歩、通り過ぎたが、視界の隅《すみ》に残ったどん詰《づ》まりが気になり、踵《きびす》を返した。

十メートルばかり先が、やはり気になる。奥まで行ってみようかと思ったとき、路地の入口のすぐ右側に、さほど大きくない長方形の黒い看板があり、白い字で、カフェ・モンドと書かれていた。

カセモンドじゃなく、カフェ・モンドか……。

自分の名前と似ているカフェに、主水は、クッと笑った。

入るしかない。

名前も気になるが、客など来ないでいいと言っているような場所にある店だけに、どんな道楽者がやっているか興味がある。よほど気をつけて見ないと、路地の入口の看板にも気づかない。

奥まったところに黒いドアがあり、路地の入口と同じように白い字で店名が書いてあるが、中は覗《のぞ》けない。

ドアを開けずに帰って下さいと言っているような雰囲気もあり、いっそう主水は興味を持った。

店名の下に、店内ケイタイ使用禁止、マナーモードにてお入り下さいと記されている。

中から何が出てくるかと、主水はワクワクしたが、恐いお兄さんが、フフッと片方の唇を持ち上げて無気味な笑いでも浮かべたら、さっさと引き返す方がいいかもしれない。

あれこれ妄想《もうそう》しながら、当たりか外れか、さてどっちだろうとドアを開けると、予想もしていなかった明るい店で、緑鮮《あざ》やかな観葉植物があちこちに置かれていた。

モスグリーンの作務衣《さむえ》を着た男が、主水に視線をやり、表情を変えずに、同じ色の手拭《てぬぐ》いで覆《おお》われた頭を軽く下げた。居酒屋などで、よく見かける店員の格好だ。

男は還暦前後に見える。愛想がよくもなく悪くもなく、無表情に近い。観葉植物と一体化しているようにも見える。

ふたり掛けのテーブル席が五つあり、すでに四席には、それぞれひとりずつ、腰を落ち着けている。

主水は残るひとつのテーブル席についた。

十人入れる喫茶店だが、五人に占領されたことになる。

親の遺《のこ》した財産で食べていける主水だが、会社勤めをしたし、退職してから、一人娘の婿《むこ》養子でも探すかと、加勢屋《かせいや》という便利屋を始めただけに、ここのオーナーも、退職後、退屈しのぎに自宅で道楽でやっているのかもしれないという気がした。

窓際の棚には、スープカップほどの大きさから、お猪口《ちょこ》ぐらいしかない小さな器《うつわ》までバランスよく並べられ、種類のちがうサボテンが載《の》っている。見たことのない珍しいものも多い。

控え目にジャズが流れているだけで、相方のいない客は静かだ。本を読んだりパソコンをいじっている者もなく、みんな、ぼっとしている。

主水は無難にブレンドを頼んだ。

コーヒーの味は抜群で、一口飲んで驚いた。こんな美味《うま》いコーヒーを飲ませてくれるなら、毎日でも通いたい。こんなコーヒーは、過去に数えるほどしか飲んだことがない。

マスターは何者だろう……と感心していると、ずっと空《くう》を見据えていたような隣の席の客が、お代わりを注文した。確かに、一杯で帰るには惜しい。

しんとした不思議な空間だ。絶妙なコーヒーがあれば、ここでは何もいらない。

主水は瞑想《めいそう》するでもなく、芳《かぐわ》しく美味なコーヒーを味わいながら、緑によって浄化されているような空気の中に身を置いていた。それだけで、気がつくと一時間半経《た》っていた。帰るときになって、三人の客が入れ替わっているのに気づいた。なぜ気がつかなかったのか不思議だ。店にいるだけで無我の境地に浸《ひた》れるのかもしれない。

店を出てケイタイを見ると、留守録にメッセージが入っている。

「不景気で、お店が潰《つぶ》れそうなの。今夜来て。最近、どこで浮気してるの？　モンさんったら、もう半年も顔を見せてくれないじゃない。私がどうなったっていいんでしょ？　冷たいのね。今夜待ってるから、きっと来てよ。きっとよ」

名前を名乗らなくても、鼻に掛かった甘ったるい声で、銀座のクラブ「春《はる》ごよみ」のママ、かすみとわかる。

半年も行ってなかったかと、主水は最後に行った日を思い出そうとした。

どちらかといえば、場末の居酒屋の雰囲気が好きだ。だから、銀座には一、二カ月に一度しか行かない。最近は新宿あたりか、事務所のある荻窪《おぎくぼ》近辺か吉祥寺《きちじょうじ》あたりが多い。

荻窪から中央線で二駅目の、吉祥寺のバー「美郷《みさと》」には、足繁《あししげ》く通うようになっている。

ホステスの茉莉奈《まりな》と関係を持ってから、甘えた口調で、来てと言われると、ついつい鼻の下を長くして顔を出してしまう。

茉莉奈と知り合って一年足らず。茉莉奈は二十四歳になり、主水は六十八歳だ。四十四歳の歳の差など何ということはない。若い女と戯《たわむ》れると、溢《あふ》れるほどのエネルギーを貰《もら》うことができる。

無我の境地など、あっという間に消え失《う》せて、ひとっ飛びで愛欲にまみれた現世に舞い戻ってしまった。

カフェ・モンドにいたときは至福の気持ちだったが、現世に戻ったら戻ったで、楽しいことが山ほどあって、これもまたいい。

髪はやや薄くなったが、顔の色艶《いろつや》もよく、まだまだ女には困らないし、青春まっただ中が続いている。

四年前、妻を亡くした直後、ひととき女遊びは控えたが、今はあちこちで可愛《かわい》い女と楽しんでいる。

今夜は、かすみママのご指名ということで、春ごよみに行こうと決めた主水は、まだ日も高いだけに、知り合いの飯盛《いいもり》法律事務所に顔を出してみることにした。飯盛と一緒に、春ごよみに行くのもいい。ひとりで行けば、朝まで引き留められそうで、今夜中に帰宅するには、連《つ》れがいる方がいい。

飯盛とは大学時代にアルバイト先で知り合い、意気投合してつき合うようになった。もう一年以上会っていない。

ここからなら、歩いても、そう時間はかからないはずだ。タクシーはやめ、散歩気分で歩きだした。

大久保《おおくぼ》に近い歌舞伎町《かぶきちょう》の外《はず》れの十階建てビルの八階が事務所で、末広がりの八だからと、事務所を移した飯盛は気に入っていた。だが、その後で、古い建物で家賃がべらぼうに安いのが一番の魅力と言ったのを覚えている。十年も前のことだ。

小さなエレベーターで八階に上がった。各フロアにふたつずつの事務所だ。

事務所のドアの前に、勝手ながら休ませていただきますと張り紙があった。三日後まで事務所は休みだ。お急ぎの方は下記までご連絡下さいと、電話番号が記してあるが、客でもなく、電話するほどのこともない。

こんなことは滅多《めった》にないだろうが、会えて当然と、連絡しないで軽い気持ちでやって来たのが間違いだった。

まだ四時前だ。しばらくここで時間稼ぎして、飯盛の仕事が終わったら一緒に食事して、その後、銀座に出ようと思っていただけに、拍子《ひょうし》抜けした。

銀座は今夜でなくていい。またにして、帰宅することにした。

降りてきたエレベーターには若い女が乗っていた。まだ二十代前半だろう。長く重そうなつけ睫毛《まつげ》をしているが、そんなものをつけなくても目は大きく、美人のはずだ。

「失礼するよ」

主水はそう言ってエレベーターに乗った。女が背中を向けていなければ、瞬《まばた》きするたびに疲れないか？　と、訊《き》いてみたいところだ。

開閉ボタンの前に立っている女が閉を押し、扉が閉まって下降し始めた。

黒いミニスカートの中から長い脚が伸びている。主水が若い頃は、こういう美脚の女を見つけるのは大変だった。食生活がかわり、今では、いくらでもこの手の脚を堪能《たんのう》することができる。それでも、際立っていい脚だ。

ほっそりした総身は、まだまだ本物の女になるには時間がかかりそうだ。だが、熟す前の女も熟した後の女も、それぞれに楽しみ方がある。

大きめのショルダーバッグを肩に掛けた女の長いストレートの黒髪は、今どき珍しいと思えるほど、漆黒《しっこく》に輝いている。文句なしの烏《からす》の濡《ぬ》れ羽色《ばいろ》だ。黒髪が少なくなりつつある日本だけに、感心して見惚《みと》れた。

「あっ！」

不意にエレベーターが左右に揺れはじめ、女が声を上げた。

「おっ……」

女体観察していた主水も、かつてない揺れに、呑気《のんき》に立っている状態ではなくなり、壁に手を突いた。

かなり激しい揺れだ。ギシッギシッと無気味な音もする。このまま落下するかもしれない。さすがの主水も、ここで寿命が尽《つ》きるかと思った。

「キャアッ！」

女が悲鳴を上げた。

落下の衝撃で腰の骨がやられるかもしれないと思ったとき、ガクンと衝撃があり、エレベーターが停止した。

落下せずにすんだとほっとしたものの、扉は閉じたままだ。

まだ揺れている。地震かもしれない。それもとてつもなく大きな……。

地底まで落下しなかったことにひとまず安堵《あんど》した主水は、恐怖に引き攣《つ》った顔をしている女に、ゆったりとした笑みを向けた。

「大丈夫だ。きっと地震だな……」

また横揺れを感じた。

「いやっ！　恐い！」

女が主水に抱きついた。

「すぐに動く。動かないなら助けが来る」

ここは二階か三階あたりだろうか。

「もう少しで一階に着いたはずなのにな。このビルは古いから、何かあっても、一番近い階で止まるような機能がついていないのかもしれないな。相当揺れたようだから、電気系統の故障かもしれない。この外がフロアで、扉が手で開けられるといいんだが」

何度も開を押したが、扉は開きそうにない。

「恐い、恐い、恐い！」

女は主水にしがみついたまま、パニックになっている。

「外と連絡をとるから、ちょっと待っててくれよ」

若い女にしがみつかれる心地《ここち》よさはあるものの、揺れが酷《ひど》かっただけに、早くここから出る手立てを考えなければならない。

主水はくっついて離れない女といっしょに動き、非常用ボタンを押した。

なかなか管理会社と通じない。おかしい。

娘であり、主水の秘書でもある紫音《しおん》に電話した。しかし、これも通じない。

「おい、誰かに連絡してみてごらん。外は混乱しているようで通じない。天地がひっくり返ったとまでは思わないが、外の様子を知りたい」

「恐い……」

「早く外と連絡をとらないと、いつまでもここにいないといけなくなるぞ。腹も減る。喉も渇《かわ》く。さっさと出るに限る。誰にでもいいから、電話してみるんだ。私は管理会社に連絡しよう」

また緊急ボタンを押した。

「いやだ……出ない……通じない」

女が、泣き声を上げた。

やはり、外は混乱しているようだ。ケイタイも通じなくなっている。

「大丈夫だ。もうちょっと待っててくれ」

非常用ボタンを押し続けていると、

「はい、監視センターです」

ようやく応答があった。

「揺れて停止して、出られなくなってるんだ。地震だったのか?」

「ずいぶん大きな地震です。でも、心配なさらないように。おひとりですか?」

「他に、若い女性がひとり」

「おふたりですね。他にも随分と閉じ込められているという連絡が来ていますから、申し訳ありませんが、そちらに行くまでに少し時間がかかります。病人はいますか」

「いや。ただ、若い子が動揺しているので、できるだけ早く頼みたいんだが」

「一、二時間では無理かもしれません……というか、今日中にはと思っていますが、何しろ非常事態で、レスキューも動いていますが、今しばらくお待ち下さい」

「もうしばらくが明日になることもあるのか」

「そうですね。早ければ今日中にと思っていて下さい。できるだけ早くと思っています」

「いやあ！　早く助けて！」

監視センターと主水の会話を聞いていた女が、すぐに救助が来ないと知り、絶叫した。

「できるだけ早く向かいます。窒息《ちっそく》することはありませんから、心配しないで下さい」

「精神状態が不安定な女性がいるのでよろしく」

早く来いと言ってみても、あちこちでこんな状態なら、一番に来いとは言えないし、もっと最悪の状態のエレベーターがあるかもしれず、無理は言えない。

ギュウギュウ詰めで止まっていたら、その方が深刻だ。このエレベーターに、躰《からだ》の大きな男が五、六人も乗っていたらゾッとする。女は切羽《せっぱ》詰まっているようだが、主水は若い美女とふたりなら、ついていると思うしかないと、プラスに考えることにした。

「名前は何と言うんだ。私は加勢主水だ。面倒だったらモンさんでいい」

名前など名乗っている場合ではないというように、女は必死でケイタイを操作している。

「だめ……繋《つな》がらない……どうして……みっちゃんもだめ……よっちゃんもだめ……ああ……いや」

しばらく知り合いに連絡をとろうとしていた女は、繋がらないケイタイに、眉間《みけん》の皺《しわ》を深くした。

「たとえば新幹線に乗っているとする。急いでいるからといって、車中を走っても、到着時刻に変わりはない。ゆったり座っている方が利口《りこう》だ。今も、焦《あせ》ってもしょうがない。ひとりだと不安だし退屈するが、ふたりだと話ができる。助けが来るまで尻取りでもしないか」

主水は少しでも女を落ちつかせようと、笑みを浮かべ、ゆったりと言った。

「そんな呑気なこと言って、このまま止まってるならいいけど、下まで落ちたらどうするの！　死んじゃうかもしれないのよ」

女はヒステリックに叫んだ。

「あのな、死なない人間はいないんだ。それはわかるだろう？　だけど、ほとんどの奴は、自分に限って死ぬはずがないと思ってる。でも、遅かれ早かれ死ぬんだから、ジタバタしたって仕方ないんだ。天命を待つしかない。まだ寿命があるなら生き延びれるし、ここまでの命なら、それはそれで仕方がない」

主水は、またゆったりと言った。

「さあ、どっちかな。オジサン、悟《さと》ってるの？　それとも、ただの天然ボケ？」

「オジサンよりモンさんと言ってくれたほうが嬉《うれ》しい。名前は教えてくれないのか？　ふたりだし、名前がわかった方が過ごしやすいと思うんだ。それとも、怪しい男に見えるか？」

「見える！」

即座に返した女に、主水はククッと笑った。

「ここを出たら、世界一美味いコーヒーを飲ませてくれるところに連れて行ってやる。さっき飲んできたばかりだ」

外の状態を危惧《きぐ》しているものの、どうしようもない状態なら、楽しいことを考えるに限る。

「八階は法律事務所だけど、何か悪いことでもして、相談に行ってたわけ？」

女がわずかに平静を取り戻した。

「ほう、そうきたか。事務所をやってる飯盛は、学生時代からの友達だ」

「友達かァ……ひとりでなくてよかった……ひとりで閉じ込められたら、恐くて死んじゃうよ……」

女が溜息《ためいき》混じりに言った。

「ひとりの方がよかったと言われなくてほっとした。これに何人も乗っていたら、これまた窮屈《きゅうくつ》で窒息しそうになる。ふたりはちょうどいい人数だ。いや、きみみたいな若い美人なら、もうひとりふたり増えてもいいかな」

「オジサン……じゃなかった……モンさん」

「おう、モンさんと呼んでくれたな。でも、モンさんて変な人」

「宮下菜緒《みやしたなお》」

しょうがないというような顔で答えた。

「ほう、菜緒《めい》ちゃんか。脱出できるまで仲よくやろう。こんなとき、狭い上に真っ暗だったら気が滅入るかもしれないが、非常用バッテリーで照明は消えないようになってるはずだ。エレベーターに乗ってなかった奴は、非常階段で逃げてる最中かもしれないが、高所恐怖症にとっちゃ、下が丸見えの外階段は恐すぎて、足が竦《すく》んで立往生してるかもしれないぞ。こっちの方がいいことにしよう」

冗談を言ったとき、またかなり大きな揺れが来た。

「いやあ！」

菜緒は悲鳴と共に、再び主水に抱きついた。そして、異常な呼吸を始めた。

強度の恐怖でパニック障害を引き起こしたようだ。

「大丈夫だ。恐がらなくていい。そんな息をしちゃだめだ。吸ったら、できるだけ時間をかけて、ゆっくりと出すんだ。そうじゃない。吸うよりは吐くんだ。ちがう。ゆっくり吐くんだ。もっとゆっくり。大丈夫だ。私は医者だ。心配ない。ちょっとパニックになっただけだ。ラッキーだったな。医者と一緒だなんて」

「お……お医者さん……なの……？」

菜緒が荒い息遣いの中で訊いた。

「そうだ、安心したか。息はゆっくり吐く。吸いすぎるとこうなるんだ。吸って……ゆっくり吐く。そうだ、その調子」

声を掛けながら呼吸させていると、やがて正常になってきた。

嘘も方便。正直に高級便利屋、加勢屋の社長と名乗るより、今は医者を装《よそお》った方がいい。

「今のようになったのは初めてか?」

菜緒がコクンと頷《うなず》いた。

「過呼吸だ。今のように苦しくなっても、絶対に死なないから安心しろ。ゆっくり息を吐けばいい。必ず、元に戻る。酸素の吸い過ぎだ。覚えておけば、これからは大丈夫だ」

「お医者さんだったんだ……よかった。ラッキー!」

菜緒がピースマークを出した。故意に元気を装っているとわかる。それでも、装えるだけ、いい状態になった証《あかし》だ。

「お医者さんだったら、具合悪くなってもいいよね。助けてくれるから」

「ああ、任せておけ。立ったままじゃ疲れる。腰を下ろすか?」

ジャケットを脱《ぬ》いだ主水は、エレベーターの床に敷いた。

「上等のジャケットだ。大サービスだぞ。ジャケットの上に座ってもいいし、私の膝《ひざ》の上でもいい」

先に腰を下ろした主水は、壁面に躰をあずけた。

菜緒は主水の横に、同じように腰を下ろした。

「いつ、助けに来てくれるかな……」

「さあてな。ここに人がいるのはわかってるんだ。忘れられることはない。時間がかかるなら、体力温存のために、ひと寝入りしておく方がいいかもしれないな」

「キャアッ！」

またエレベーターがギシギシと横揺れし、菜緒が赤ん坊のように抱きついてきた。

甘い髪の香りが、主水の鼻腔《びこう》をくすぐった。

「ジェットコースターに乗ってると思えばいい。そういうの、好きだろう？」

「モンさんは呑気ね……太っ腹なのか鈍感《どんかん》なのかわからない」

胸の中に頭を埋《うず》めていた菜緒が、顔を上げた。肩で息をしている。

「カメラがなくてよかったな」

「えっ……？」

「ビルの持ち主がケチなのか、防犯カメラもついてないようだ。ついてたら、いちいち抱きつけないだろう？」

主水が笑うと、母親に抱きついているような自分の格好が恥ずかしいのか、菜緒がさっと離れた。

「よし、時間があるから身体検査でもするか？　タダで診《み》てやるぞ」

「ばァか」

舌を出した菜緒が、そっぽを向いた。

何度も余震でエレベーターが揺れ、そのたびに菜緒は怯《おび》え、主水は抱きしめてやったり、頭を撫《な》でたり、まるで父親じゃないかとおかしくなった。

袖《そで》振り合うも他生《たしょう》の縁と言うが、菜緒は前世で自分の娘だったかもしれないとまで思うようになった。

黙っていると気が滅入るのか、そのうち菜緒は一方的に喋《しゃべ》り始めた。

今年、大学を卒業したものの、なかなか就職先が決まらず、いまだに就活中ということから、気に入りの居酒屋のバクダンというおにぎりが、いかに大きいか。なぜ美人の友達が、いつも三カ月で失恋するのかなど、話題は尽きない。

主水は聞き役だ。女はお喋りというが、どれだけ喋り続けたら話題がなくなるだろうかと、興味を持った。二、三日ぐらい、菜緒の話は尽きないかもしれない。

閉じ込められて二時間半ほどして、主水に電話が掛かってきた。ふたりは顔を見合わせた。

「やっと通じた。どこにいるの？　大丈夫？」

娘の紫音だ。

会社では他人を装い、秘書ということになっているので、名前も加勢ではなく、亡くなった連れ合いの姓の野島《のじま》を名乗っている。

亡き妻以上に煩《うるさ》いが、一人娘だけに可愛い。気が強いのが難点で、二十過ぎても恋人のひとりもいない。

紫音の恋人探しのために道楽で会社をつくって婿探しをしているというのに、最有力と思っている社員、武居勇矢《たけいゆうや》とはぶつかり合ってばかりいる。それでも、喧嘩《けんか》するほど仲がいいということもあるし、しばらく様子を見るつもりでいる。

「ね、どこ?」

「新宿。エレベーターの中だ。出るまでに時間がかかりそうだ」

「もしかして閉じ込められてるの?」

「まあ、そういうことだが、管理会社にも伝えてあるし、大丈夫だ。ひとりじゃないし、話し相手もいる。心配しないでいい」

すっかり懐《なつ》いてしまった菜緒がいるので、退屈はしない。

「怪我《けが》してないのね? 本当に大丈夫なの? 混雑してて、なかなか通じなくて」

「ピンピンだ。そっちはどんな具合だ」

「倒れた棚があって、書類が落ちてメチャメチャ。でも、建物は大丈夫。電車が不通だから、歩いて帰るしかないかもしれないわよ。迎えに行ける状況じゃないの」

「帰れなかったら適当に泊まる。明日までには帰れると思う。心配しなくていい」

「わかったわ。まだみんなと連絡がとれていないの」

「武居君はどうだ」

「繋がらないわ。いい機会と思って、ラブホテルあたりでさぼってるのかもしれないわ」

連絡がとれないのを、なぜラブホテルと繋げるのかと、主水はおかしかった。

「何かあったら掛けてよ。でも、十回に一回ぐらいしか繋がらないわ」

「掛かるとわかってほっとした。こっちは大丈夫だ。みんなと連絡をとってくれ」

電話が切れた。

「掛かってきたね……誰？」

「看護師だ」

「そういえば、ここにいるってことは、病院はお休み？」

「午後からは若いのに任せてる」

まだ真実は明かさない方がいい。菜緒は医者がついていると思い込み、何とか精神のバランスを保っているところがありそうだ。

菜緒の大きなショルダーバッグには、水や菓子も入っていた。水は小さなペットボトル一本だけだったが、菜緒はそれを主水にも飲ませた。

「女はいろいろ持ってて、こんなときは便利だな。命の水があって助かった。十倍にして返さないとな」

いつになったら助けが来るかわからない。水は大切だ。しかし、一番困るのはトイレだ。用を足しておいてよかった。

「私がいなかったら、脱水症状でまずいことになってたかもよ。お水もお菓子もあってよかったでしょ？　水ぐらい持ち歩かなくちゃだめよ」

時折、揺れ、そのたびに菜緒は悲鳴を上げて主水に抱きついた。

主水と菜緒がレスキューに救い出されたのは、エレベーターに閉じ込められて五時間も経った頃だった。

さすがに疲れたが、救出が明日になる者も多いと聞かされると、監視センターと会話しているときの菜緒の悲鳴が、意外と早く助けられた理由かもしれないと思ったりした。

外に出ても時折、大きく揺れ、菜緒は主水のジャケットの裾《すそ》を握って放さない。

新宿駅に向かうと、人が溢《あふ》れていた。

電車は止まり、すでにホテルに空き室はなく、タクシーもつかまりそうにない。

「菜緒ちゃんは明大前《めいだいまえ》と言ってたな。五、六キロだろうから、歩いても一時間から一時間半だ。みんな歩いてるんだから、頑張って帰れよ」

五時間も狭すぎる空間で過ごしただけに、名残惜《なごりお》しい気もするが、棚が倒れて書類もメチャメチャになっているという会社の状況も気になる。

また揺れが来た。

周囲の人々の足が止まり、悲鳴も上がった。ジャケットの裾を握っている菜緒の手にも力が入った。

高層ビルがゴムのように揺れている。今まで、これほど次々とやって来る地震は経験したことがない。それも、かなり大きい。

「ひとりで帰るの恐い……方向音痴《おんち》だし、歩いて帰れないもん……病院の廊下でいいから泊めて」

「病院までは歩いて四、五時間はかかる。いや、七、八時間かな。自分の家に帰る方が利口だ」

諦《あきら》めさせようと大きな数字を出した。

「じゃあ、うちまで送って」

「みんなに訊きながら帰れば、何とかなる。一時間ちょっとのはずだ」

「私が途中で痴漢《ちかん》に遭ったり誘拐《ゆうかい》されてもいいんだ。犯されて殺されて捨てられるかもしれないのに、それでもいいんだ」

下唇を噛《か》んだ菜緒は、頭から食べたいほど可愛い。アヌスがズクリとした。

「あと二年で古希《こき》になる男に送っていけと言うのか。着いた途端に疲労で死んだらどうするつもりだ」

「遺体は引き取りに来てもらうから大丈夫。ごみ箱に捨てたりしないから」

「そうか、わかった。それなら文句なしだ」

エレベーターに一緒に閉じ込められたのも何かの縁だ。菜緒にとって父親というより、祖父に近い歳かもしれないが、それが、かえって安心できるのかもしれない。面白くなってきたので、つき合ってやることにした。


途中で脚が痛いと言い出した菜緒を休ませたり、発破《はっぱ》を掛けたりしながら、何とか明大前の駅に着いた。

「凄《すご》いね……間違わないで着いた。どうして地図見ないでわかるの?」

途中、人に尋《たず》ねることもなく辿《たど》り着いただけに、菜緒は心底、驚いている。

「昔々、男は狩りをして女子供を食べさせていたから、遠くまで猟に行って、また戻ってこないといけなかった。その名残だ。女は男の捕《と》ってくる食べ物を待っていたから、じっとしていればよかった。だから、帰巣本能は必要はなかったし、育たなかった」

「日本はそのうち稲作になったから、遠くに猟に出かける必要はなくなったんじゃない？ それなのに、今でもしつこく狩りのときの記憶を消さないでいるのかな。そうか！ 好かれてもいないのにストーカーするしつこさも、その頃からの名残かァ。なるほど」

別れは惜しいが、菜緒はだいぶ元気になってきた。最寄り駅まで来たので、後は大丈夫だ。

「ストーカーに間違われるといけないから、そろそろ帰ろう。ここからは大丈夫だな。なかなか楽しかった。電話してくれたら、世界一美味いコーヒーをご馳走《ちそう》しよう。おっ……よく揺れるな」

また地震だ。頻発《ひんぱつ》している。しばらく短い間隔で余震が続きそうだ。

「ひとりはいや……うちまで送って」

生意気なほど元気になったと思っていた菜緒が、また情けない顔に戻った。

「うちまで送ったら泊めてもらうぞ。いいのか？ ベッドに寝かせてくれとは言わないが、これから荻窪まで、また一時間半か二時間歩くのは疲れそうだ」

エレベーターに閉じ込められた運動不足は解消したが、やはり疲れている。半畳ほどの狭苦しい場所に長くいたせいだろうか。

「ソファなら貸してあげる。お医者さんと一緒だと安心だし」

「医者じゃなかったらどうする？」

ここで初めて主水は名刺を渡した。

「高級便利屋……加勢屋の代表取締役社長、加勢主水……？」

「騙《だま》すつもりはなかった。ただ、あの場合、医者と言うのが一番薬になると思った。医者と聞いて、少しは安心しただろう？」

「お医者さんじゃないのかァ……」

菜緒が溜息をついた。

「ソファを貸すのはやめるか？　男はいつ獣になるかわからないからな」

「朝までいて。もうじき七十になる人なら安心だし」

まだ現役の主水は、菜緒の思い込みがおかしかった。
五十、六十でムスコは役に立たなくなると思っている者もいるが、何でも十人十色《じゆうにんといろ》。若くしてだめになる者もいれば、八十、九十まで現役でいられる者もいる。
まだ就活中という菜緒だけに、小さな部屋を想像していたが、十階建ての洒落《しやれ》たマンションだ。

エレベーターが動いているのに、菜緒は非常階段を使って自室の八階まで上がるという。やむなくつき合った。まだ閉じ込められた恐怖を引きずっているようだ。

ワンルームでも広めだ。ベッドが置いてあっても、かなりゆったりしている。夫婦で住んでもおかしくない。家賃はかなり高いはずだ。ここに着く前は安アパートの小さな部屋を想像していたので、完全に予想外れだ。

「シャワー浴びたいけど、恐い……」

「この建物なら倒れやしない……おっと、もしかして、襲われるとでも思ってるのか？」

主水は剽軽《ひょうきん》に訊いた。

「そんなことしないとわかってるもん」

「見くびられたもんだ。襲うぞ。ガオッ！」

主水は両手を開いて、菜緒に嚙みつくような真似《まね》をした。

「いい歳して、モンさん、子供みたい」

軽くあしらわれてしまった。

無害な男と見られているのは、歳のせいだけではないだろう。信用されていると思うと悪い気はしないし、子供のような菜緒を何とかしようとも思っていないが、すでにオスの機能をなくしていると思われたままでは心外だ。かといって、まだ現役だと言うと、今夜の寝床《ねどこ》の確保が難しくなるかもしれない。

「シャワーを浴びて寝るぞ。ドアの所で番をしてやるから安心していい」

「入ってきたらだめだからね」

「子供の裸を見てもな」

子供と言ったが、今、いちばん若い主水の愛人の茉莉奈は二十四歳だ。菜緒と似たような歳だ。しかし、雰囲気はまったくちがう。茉莉奈をいじりまわしているものの、菜緒には同じことをする気がしない。不思議なものだ。

菜緒は主水に危険は感じていないものの、男というのは気にしているようで、服のまま浴室に入った。

「服のままシャワーか?」

「洗濯物を干すパイプに掛けておくから」

浴槽の隅から隅まで、シャワーカーテンを吊《つ》せるようにポールがついている。物干し竿《ざお》代わりに使っている者は多いだろう。

「なるほど。名案だな」

ニッと笑った菜緒は、中から鍵を閉めた。

磨《す》りガラスの向こうがぼんやりと透《す》けている。何をしようというわけではないが、若い女が裸になると思うと、幸せな気持ちになる。男はいくつになっても単純だ。

シャワーの音がする。どんな茂みか、どんな乳房か、いくら菜緒に色気がなくても興味がある。磨りガラスの向こうを窺《うかが》った。

髪を洗っているようだ。主水がいるので安心しているらしい。

そろそろ出てくる頃かと思っていると、ケイタイから緊急地震速報が流れた。

「おい、また来るかもしれないから気をつけろよ」

大きな声を掛けた直後、揺れがやってきた。

八階だけに、一、二階より揺れが大きい。今まで、エレベーターの中と路上での揺れだったので、また感じがちがう。

「いやあ！」

裸のまま飛び出してきた菜緒が、主水に抱きついた。

恐怖の色を浮かべた菜緒は別人に見える。

つけ睫毛がないのに気づいたのは、揺れが収まり、乱れた息を吐く菜緒が、顔を上げたときだった。

「いやだ、いやだ、いやだ！」

菜緒の精神は、また不安定になっている。

「拭《ふ》いてこないから、シャツがびしょびしょになったじゃないか。参ったな。ここに着替えがあるはずないしな。私もシャワーを借りていいか？」

「だめ！」

貸さないという意味ではなく、離れるのが不安らしい。

「じゃあ、背中を流してくれるか？　だったら離れないですむぞ。いや、流さなくていい。ドアを開けておけばいいんだ。借りるぞ」

主水は菜緒にお構いなく、さっさと服を脱いでいった。

困惑した菜緒が、裸のまま背中を向けた。

くびれた腰に、ツンとした尻肉。ピチピチの若い皮膚が弾《はじ》けている。これからどんな女に成長していくか楽しみだ。

まるで娘を見る目になっている。それでいて、やはり他人だけに、オスの血が滾《たぎ》らないこともない。もう少し熟した女なら、その気にさせるために頑張ってみるが、菜緒も安心しきっているだけに手を出すつもりはない。互いにその気があるなら、監視カメラのないエレベーターの中で、怪しいことをしていたかもしれない。

地震で浴室から飛び出してきた菜緒だけに、湯槽《ゆぶね》の上のポールには服や下着が掛かったままだ。わざとそのままにしてシャワーを浴びた。

「タオル、貸してくれないか」

いつの間にかバスタオルを巻いて背中を向けている菜緒に言った。

主水は浴室を出るとき、ポールに掛かっている菜緒の服を鷲《わし》づかみにして剝《は》がし、鼻に近づけ、そこに籠《こ》もっている匂いを嗅《か》いだ。甘ったるい、いかにもオスの本能をくすぐる香りだ。

植物にさえ人を元気にするパワーが秘められているのだから、女の香りとなると、その何倍も強烈で、子供と思っていても、やはり女は女だと、獣欲がくすぐられた。それを押し隠し、背中を向けている菜緒の肩先をポンと叩《たた》き、服を差し出した。

菜緒はベッド、主水は毛布を借りてカーペットの上に横になった。

揺れを恐がる菜緒は、明かりをつけたままだ。停電になっていないので助かる。停電になると、水道もトイレも使えなくなる。文明とは便利なようでいて不便なものだ。

うとうとしたとき、またも揺れた。今度も大きい。八階はかなり揺れる。

菜緒が一瞬にして起き上がり、また荒い呼吸を始めた。地震のたびに神経が敏感になっていくようだ。エレベーターでの五時間も、想像以上に応《こた》えているようだ。

「大丈夫だ。余震だろう。これより大きいのは来ない。このビルは頑丈そうだ。倒れやしないから心配するな」

「恐いもん……恐い……恐いよ……ここにいて！」

菜緒の精神状態は、かなり不安定だ。落ちついたと思っていたが、長く生きてきた主水さえ、今回のように頻発する地震は初めてなので、若い菜緒がパニックになるのも理解できる。

主水はカーペットから起き上がり、ベッドに入って菜緒を抱きしめた。パジャマ越しの菜緒が小刻みに震えている。

リラックスしていると思ったが、上辺だけだったようだ。内に籠もったストレスが、今の揺れで一気にふくらみ、破裂したのかもしれない。

「よし、朝まで眠れるまじないをしてやる。この指を一本だけ使うんだ。いいか？　許可を取らないとまずいからな」

菜緒を離した主水は、右の人差し指を一本だけ差し出して唇をゆるめた。

「眠れるおまじないをしていいか？　イヤならしない。うん？　おまじないをするか？」

すっかり主水に懐いてしまったのか、菜緒はイヤとは言わなかったし、やっとわかるほど、かすかに頷いた。

まじないが何かわかっていないのかもしれないが、まずはゴーサインが出たので行動開始だ。

「ようし、おまじないをしたら、朝まで熟睡だ。でっかい地震がきても眠っていられる。何かあったら助けてやるから心配しないでいい」

まるで幼児をあやしているような口調で言ったが、やることはちがう。

「おまじないを始めるぞ」

唐突な印象を与えて怯えさせないように、主水はそう言って、菜緒のパジャマのズボンに手を入れた。

「おまじないは効くから大丈夫だ」

菜緒がかすかに硬直した気配に、主水は、また言葉を出した。

ズボンに手を入れたからには、次はショーツの中だ。

「この指一本だけと約束したから、心配しなくていい。もう眠くなったか？　なるはずないか。まだおまじないしてないもんな。イヤになったら、ちゃんとそう言うんだぞ」

無言で同じことをすれば不安を煽《あお》るだけだ。下手《へた》をすると猥褻《わいせつ》行為になる。正当な行為にするには言葉の力が大切だ。

指はさらに進み、ショーツの中に入り込んだ。

菜緒の鼻から荒い息が洩《も》れた。だが、逃げようとはしない。

若い女のショーツは紐《ひも》のようで、布切れをわずかしか使っていない。こんなショーツを穿《は》けるのも今のうちだ。熟していくうちに臀部《でんぶ》にはどっしりと肉がつき、すっぽり尻を隠すには、相当の布切れが必要になる。

「ちゃんとオケケが生《は》えてるな。まだだったらどうしようかと思った」

そろそろと指を動かしながら、様子を見ては言葉をかける。

女とは、時と場合によってコトの進め方がちがう。大人の雰囲気とは程遠い菜緒とひとつになるつもりはないが、肝心のところをいじると決めた以上、細心の注意を払わなければならない。

薄めの翳《かげ》りだ。菜緒には濃い茂みは似合わない。想像通りだ。

「二十歳《はたち》過ぎてるなら、ときどき自分でおまじないをするだろう？　毎日してもおかしくないな。今までのうちでいちばんよく眠れるおまじないをしてやるからな」

翳りを載せた肉マンジュウのワレメを、ゆっくりと指先で辿った。

菜緒の腰がヒクッと緊張した。

右の人差し指しか使わないと約束したので、その一本で柔肉を左右にくつろげ、女の器官の隠れている内側に入り込んだ。

「あん……」

総身がピクッとすると同時に、やけに可愛い喘《あえ》ぎが洩れた。あまり濡れていない感じがしたが、若いだけあって、指先に、すぐに湿《しめ》りを感じるようになった。

「こうしてると、すぐに眠くなるはずだ」

花びらの大きさを確かめた。

「あは……」

喘ぎが愛らしすぎて、頭から食べてしまいたくなる。だが、なぜかセックスする気にはならない。総身をいじりまわして心地よくさせたいだけだ。

女壺に肉茎を挿入し、腰を動かして精をこぼすだけが男の悦《よろこ》びではない。若いときはそれしかできなかったが、女を知れば知るほど、女を悦ばせることが楽しくなり、満足した女を見ることで満ち足りた気持ちになるようになった。上手にいじっていれば、たいていの女は、シテとか、入れてと催促《さいそく》してくる。

菜緒の花びらは小さめで透明な感触がして、触れているだけで心地いい。指で軽く玩《もてあそ》んでいるだけで、ぬめりがどんどん溢れてきた。

「どうだ、眠くなってきたか？　眠っていいんだ」

まだ眠れるはずがない。今は逆に、目が冴《さ》えてきているはずだ。それがわかった上での言葉だ。

「上等の花びらだ。オマメはすぐにいじらない方がいいな。こんなのはどうだ？」

花びらの尾根を触れるか触れないほどやさしく辿った。豊かなうるみで、なめらかに滑《すべ》っていく。

「んふ……」

菜緒の腰がかすかにくねった。

花びらと肉マンジュウの間の肉溝に指を移し、そっと行き来した。

「あはっ……」

子供ではなく、やはり一人前の女かと思わせる鼻に掛かった悩ましい喘ぎだ。

「眠くなってきただろう？　よく眠れるおまじないだからな」

肉の溝を行ったり来たりしているだけで、菜緒は腰を動かし、身悶《みもだ》えた。

一気に法悦を迎えさせるのは簡単だが、それでは楽しみも半減する。絶頂の手前の時間を持続させたいし、せっかくのチャンスなので、いじっている肉マンジュウの中も覗いてみたい。ついでに味見もしたいが、欲張ると、すべてを失うこともある。

チョンと、肉のマメを包んでいる細長いサヤをつついた。

「んんっ……」

ヒクッと腰が跳ねた。

「このくらいで眠れそうか？」

わざと指を引いて肉マンジュウから出し、閉じたワレメの線をなぞった。

菜緒がかすかに腰をくねらせた。

多くの女を相手にしてきた主水は、もっとシテと、菜緒が催促していると読んだ。今はほんわりとした心地よさのときだろう。まだ半端な快感だけに、早く達したいはずだ。オナニーをしているようなもので、始めたら極めなければ満足が得られないのはわかっている。

「お饅頭《まんじゅう》を閉じてこうしているだけでも気持ちがいい。指がくすぐったくなる。眠くなる、眠くなる……ふたりとも眠くなる」

肉マンジュウの合わせ目を、もどかしいほどそっと触れ、行ったり来たりしながら、子守歌代わりに、のんびりゆったりと口を開いた。

鼻からこぼれる菜緒の息が乱れている。

いいところだというのに、ケイタイの緊急地震速報の無気味な音がした。

「恐い！」

喘ぎを洩らしていた菜緒が一瞬にして醒《さ》め、しがみついてきた。

少し揺れたが、たいしたことはない。それでも菜緒は揺れに敏感になり、怯えている。

「大丈夫だ。最初のときより小さいのしか来ない。よし、今度はすぐに眠れるようにしてやる。大丈夫だ、大丈夫だからな」

胸から下は掛け布団を被《かぶ》せたまま、邪魔だと思っていたパジャマのズボンを、腰をわずかに持ち上げてずり下ろした。

菜緒は拒絶しなかった。

右の太腿《ふともも》を持ち上げ、膝から下が宙に浮いたところで、ズボンを抜いた。右だけ抜ければ、両方抜く必要はない。ショーツも同じようにずり下ろし、右足首から抜いた。

躰が掛け布団で隠れているので、菜緒の抵抗もない。

これで太腿をくつろげることができる。

女とトラブルのない関係を作るには、信頼関係が大切だ。途中でトラブルにならないためには、最後まで手を抜かず、それでいて、ゆとりを持つことが大切だ。

「早く寝ないと、また揺れると困るな。クリちゃんをいじった方がよかったか？　指一本しか使わないと約束したから、それはちゃんと守る。心配しないでいい。どれ」

布団を捲《めく》り、両手で肉マンジュウをクイッとくつろげて、菜緒の若々しい女の器官を眺めたり舐《な》めまわしたりもしたいが、それは我慢だ。

長いこといろんな女と接してきたので、指先にも目がついているようなもので、触れると同時に、脳へと映像が送られる。菜緒の女の器官は、花びらに触れただけで、全体がこぢんまりしているとわかる。

いったん閉じた肉マンジュウだが、太腿をくつろげたことで、すこしばかりワレメがほころんでいる。主水は右の人差し指を、ふたたびそこに押し込んだ。若いだけに、今の余震のショックにも拘《かか》わらず、まだうるみはたっぷりだ。

「自分でおまじないをするのもいいが、人にしてもらう方が気持ちがいいだろう?」

主水は指戯、口戯には自信がある。菜緒のような若い女なら、あまり男を知らないだろうし、相手をした男も、たいしたテクニックは持っていなかったはずだ。これまでの男には負けないと確信していた。

若い男には余裕などあるはずもなく、前戯をしないか、しても形ばかりで、すぐに挿入して腰を動かし、さっさと射精するだけだ。男と女は絶頂までの上昇ラインがちがう。男の勝手な行為では女が極められるはずもない。

まず、花びらをやんわりと揉《も》んでみた。さっきはしなかったことだ。

「あは……んふ」

腰がもじもじと動いた。

ぬるぬるが多量に溢れ出した。感度良好だ。しかし、よすぎても、あっという間に昇天なので、敏感すぎるのも面白くない。かといって、不感症は困りものだが、そんな女はめったにおらず、勝手に思い込んでいるだけだ。男のテクニック次第で女は喘ぎ、絶頂に導かれるものだ。

「可愛い花びらだから、オマメも可愛いだろうな。どれ」

敏感な器官なので、まずは包皮越しに丸く揉みほぐした。

「んんん……」

「うんと眠くなってきただろう？　こうすると眠くなる」

そう言いながら、今度はサヤ越しに左右に指を動かした。ソフトにソフトに……だ。

「んふ……あは……んんっ」

やんわりとした動きでは達することができず、菜緒はおねだりするように、腰を妖《あや》しくくねらせた。

ねェねェ……シテ……と言っているような半開きの口元と可愛い眉間の皺が、けっこう主水をそそった。

腰をくねらせても、ゆっくりした指の動きに変化がないとわかると、菜緒はVに開いた脚を突っ張るようになった。そして、足指を擦り合わせた。

主水はまた花びらを揺すったり、花びらの外側の肉の溝を行ったり来たりして、ぬめりの心地よさや愛らしい喘ぎを楽しんだが、これ以上長く焦《じ》らせても逆効果と読み、肉のマメに戻って、包皮越しに丸く揉みほぐす速度を速めていった。

「ん……あ……い、いく……んんっ！」

法悦を極めた瞬間、硬直した菜緒の唇が大きく開き、白く並びのいい歯がぬらりと覗いた。そして、細かく打ち震えた。

熟女もいいが、菜緒の絶頂も可憐《かれん》でいい。

それなりに悩ましい絶頂の表情を眺めた主水は、やさしく菜緒を抱きしめた。

「よし、おまじないが効いたから眠れるな？　だけど、アソコがジュースで濡れてるから、拭いておかないとな。眠っていいんだ。拭いてやるから」

いきなり布団を剝ぐのではなく、ここでも主水は、そう口にした。

掛け布団をそっと剝ぐと、左足首にパジャマのズボンとショーツが、中途半端に止まっている。それはそのままにしておき、近くのテーブルからティッシュボックスを引き寄せた。

菜緒の太腿をさらに押し開き、左の親指と人差し指で肉マンジュウを左右にパックリとくつろげた。

パールピンクに輝くぬめついた女の器官は、楚々《そそ》とした装いだ。だが、そっといじったはずの花びらも充血してぷっくりとし、可愛い芋虫状態だ。小さな肉のマメは、ほとんどサヤの中に隠れている。そのサヤは、伸びたゴムのようにふにゃりとなっていた。

まだ触れていない秘口のあたりは、透明液で一杯だ。

「菜緒ちゃんのここは、なかなか美人だな」

「あは……」

ティッシュを女の器官に当てると、菜緒は鼻からあどけない感じの喘ぎを洩らし、むずかるようにかすかに腰をくねらせた。

秘口に指でも押し込んでみたいが、行き過ぎは禁物。急いては仕損《せ》じる、だ。忍耐もそこそこあるだけに、ここで剛直を押し込もうとは思わない。

「よし、おまじないはおしまいだ」

すでに菜緒は目を閉じている。主水はワレメに顔を近づけ、触れないようにして肺一杯に淫靡《いんび》なメスの香りを吸い込んだ。それから、太腿を合わせてやり、掛け布団を掛けた。

寝息が洩れ始めた。

秘園をいじりまわしていた指を鼻先に持っていき、淫猥《いんわい》な匂いを嗅いだ主水は、次に口に入れ、こびりついている蜜を舐めて唇をゆるめた。

二章　訪問者

目覚《めざ》めると、いつもとちがう天井だ。

ん……？

一瞬、戸惑《とまど》い、主水はあたりを見まわした。そして、ここがどこか、どうしてここにいるのか思い出し、唇をゆるめた。

昨日の午後の大地震でエレベーターに閉じ込められ、五時間後に救出された。

その間、一緒に閉じ込められていた菜緒が頻発する揺れに怯え、乞《こ》われるまま、ここまで送ってきた。そして、結局、泊まる羽目になったのだ。

カーペットで休むつもりが、またも大きな揺れに襲われ、先にベッドに入っていた菜緒が不安を訴えた。そこで、主水はセミダブルのベッドに移り、菜緒を抱きしめてやった。

一緒に休むことになったのはラッキーだったが、横にいたはずの菜緒がいない。

目を覚ました菜緒が、こんなはずじゃなかった……と、横にいる主水を見て我に返り、外に逃げ出したとは思えないが、ワンルームだけに姿が見えないのはおかしい。

そのとき、トイレのドアが開く気配がした。

カーテンが二十センチばかり開いていて、隙間《すきま》から入ってくる光で十分に明るい。

主水は眠っている振りをして薄目を開け、菜緒を窺った。

足音を忍ばせてやって来た菜緒が、そっとベッドの左側に潜《もぐ》り込んだ。

「オシッコタイムだったのか」

菜緒が横になって布団を肩まで引き上げたとき、主水は唐突に口を開いた。

「わっ！」

本気で仰天《ぎようてん》している菜緒がおかしく、主水はククッと笑った。

「あれから何回か揺れたのに、よく眠ってたな。おまじないが効いたようでよかった」

おまじないをしてやると言い、菜緒の下腹部を、右の人差し指一本でいじりまわして昇天させた。

男も女も、気をやると心地よい疲労感で睡魔に襲われるものだ。菜緒も揺れの恐怖に戦《おのの》いていたが、可愛い顔をして法悦を迎えた後、すぐにぐっすりと眠ってしまった。

「エッチ……」

菜緒は小さな声でそう言うと、恥ずかしいのか、頭まですっぽりと布団を被ってしまった。

今どき、中高生でも可愛くない女がいるが、春に大学を卒業した菜緒は、立派に成人しているというのに、時間が経つほどに初々《ういうい》しくなってくる。

主水は布団をずり下ろし、菜緒の顔を出した。

菜緒は慌《あわ》てて両手で顔を隠した。

「スッピンの菜緒ちゃんの方が美人だ。ゲジゲジのようなつけ睫毛はやめた方がいい。あんなものをつけなくても、ぱっちりした目をしてるじゃないか」

知り合ったとき、瞬きするたびに疲れるのではないかと心配したくなるような、長く重そうな睫毛をつけていた。

昨夜、風呂に入ったときに取ったようで、地震の揺れに驚いて真っ裸で飛び出してきたときには、今の顔だった。何もつけていない方が、何倍も可愛く、好感も持てる。

「まだ眠い」

菜緒は、また布団を被った。

眠いというのは嘘で、顔を隠すのは、主水の指で女の器官をいじられて気をやったことに対する羞恥《しゆうち》のようだ。

またも主水は、菜緒を頭から食べてしまいたいほど可愛く感じ、頬を弛《ゆる》めた。菜緒が主水をいやがっていないのもわかる。それどころか、すっかりなついている。

　二十二歳と六十八歳。歳の差四十六歳。孫のようなものだが、オスとして、メスに対する関心はある。ただ、強引に何かしようという気はない。女に困っているわけでもなく、主水を信頼して安心しきっている女に手出しするような、無粋な男ではないつもりだ。

「色々あって疲れたな。私も、ここでもう少し休ませてもらっていいか？　そうだな……八時頃に出よう。七時に起きるとして、あと少し寝かせてもらおうか。電車が動いているといいが」

　まだ五時半だ。

「テレビつけていいよ」

　布団を被ったまま、菜緒が言った。

「いや、静かな方がいい。何が起こっていようと、どうすることもできないんだからな。まずはたっぷり眠ってからだ」

　可憐な菜緒との時間も、もうじき終わる。ひとつになるつもりはないが、感触のいい女の器官をいじらせてもらっただけに、もう少しだけ余韻《よいん》を楽しみたい。

　同じベッドで菜緒の体温を感じながら、じっと横になっているだけで至福の気持ちになる。まだまだ熟女には程遠いが、女は女。いっしょにいるだけでエネルギーが満ちてくる。若い女は活力の源だ。

主水はまた目を閉じた。

菜緒はしばらくじっとしていたが、そのうち、うつぶせになるように躰を回転させ、左膝をグイッと大胆に曲げて、主水の腹に足を載せた。

この格好が楽なのは、主水も知っている。

以前つき合っていた女も、こんな格好をして寝るのが好きだった。胎内にいるときの格好と言われたような気がするが、まるで蛙《かえる》じゃないかと思った。

菜緒が主水の腹に足を載せたのは何の危惧もないからだろうが、男の恐さを知らないで生きてきたのだろうか。豹変《ひょうへん》した男を知らず、男はみんなやさしいと思っているのなら、それはそれで幸せだ。だが、これからの人生はわからない。

百パーセント信頼されていると思うと、気持ちがいい。花びらや肉のマメをいじって昇天させたのに、菜緒のこの無防備さはなんだろう。まるで尻の青い幼児のようだ。布団の中で指でもしゃぶっているのではないかと思えてくる。

できるなら、もう一度、アソコをじっくり観察してみたいが、この感じでは、これ以上のことはないまま終わるかもしれない。

昨夜、菜緒が気をやった後、肉マンジュウをくつろげて眺め、ティッシュでぬめりを拭《ぬぐ》ってやったのが、最初で最後になるのだろうか。

まだあまり使われていないような、綺麗な女の器官だった。処女膜の様子は見なかったが、まさか、ヴァージンではないだろう。

「こうして寝ると気持ちいいね」

布団の中から菜緒の声がした。

「このお腹、気持ちいい」

しばらくして、また声がした。

腹は出ていないつもりだが、若者に比べると肉づきはいい。ただの座布団代わりかと、主水はおかしくなった。

やがて、寝息が聞こえてきた。

昨日、エレベーターに五時間も閉じ込められ、あげくに徒歩で帰宅しなければならなかった。若いとはいえ、まだ疲労が取れていないのだ。

そのうち、主水もウトウトした。

インターホンが鳴った。

主水は菜緒を起こした。

「おい、誰か来たぞ。宅配便かな……？」

「何時……？」

寝惚《ねぼ》け眼《まなこ》の菜緒が布団から顔を出した。

「えっ？　まだ七時だよ。宅配便のはずがないでしょ……隣じゃない？」

怪訝《けげん》な顔をした菜緒だが、またインターホンが鳴った。

「誰だろ……？」

ベッドから出た菜緒はドアスコープを覗くと、主水に動転した顔を向けた。そして、息を弾《はず》ませてベッドの傍《かたわ》らに戻ってきた。

「パパ……」

「うん？」

初めてパパと呼ばれ、主水は一瞬、面喰《めんく》らった。

「パパ」

また菜緒が言った。

「急にパパか。まあパパでもいいけどな。誰だ。彼氏か？」

「パパ……私のパパが来たの」

「お父さんか……」

菜緒が頷いた。

瞬きを忘れているような困惑ぶりで、鼻から荒い息を洩らしている。

「困ったな……勘違いされると困るな。隠れるところはあるか?」

自分のことをパパと呼ばれたのではないとわかり、今度は主水が慌てた。

ワンルームを見まわし、風呂とトイレ以外はクロゼットしかないと思ったが、その前に、まず靴を隠しておかなくてはならない。

パジャマがあるはずもなく、主水は縞々《しましま》のトランクスに半袖シャツで寝ていた。

「クロゼットには入れるか?」

「荷物が一杯で無理。居留守使えばいいから」

菜緒はそう言ったが、直後にカチャッと音がし、次にドアが開いた。

ワンルームなので、玄関先から部屋が丸見えだ。

宮下氏は主水と菜緒を見つめて硬直した。

なぜドアが開いたのか、掛け忘れのはずはないとわかっているので、主水も予想外の展開に驚いた。そして、すぐに、宮下氏が鍵を持っているのに気づいた。菜緒が合鍵を渡していたとしか思えない。

空気が凍《い》てついている。宮下氏の口元も凍りつき、唇は半開きのまま、時間が静止したように身動《みじろ》ぎもしない。

色白の宮下氏は、几帳面《きちょうめん》でひ弱な感じがする。だが、なかなかの美男で、髪型や服を今風に変えれば、夢中になる女がけっこういそうだ。「冬のあなた」に出ていた人気の韓流スターに似ている。四十代半《なか》ばとすれば、主水の息子と言ってもおかしくない。

長い沈黙が、ますます空気を重くした。

「驚かれているようですが、ごもっともです。こんな格好ですみません。休んでいたもので。地震で帰れなくなり、娘さんに泊めてもらったんです。昨日はだいぶ疲れてしまい」

いつまでも黙っているわけにはいかない。主水は力を抜き、精いっぱい穏《おだ》やかな表情を浮かべ、静かな口調で言った。

「む、娘に……手を出したのか！」

主水の言葉に触発されたのか、いきなり宮下氏が口を開き、怒りを爆発させ、胸を大きく喘がせた。

美男の韓流スターから、いきなり鬼の形相《ぎょうそう》だ。それでも、主水に恐怖感はなかった。

「それは誤解です」

トランクス姿で膝丸出しとは、よりによって冴えない格好で菜緒の父親と対面したものだと、主水は珍しく溜息をつきたくなったが、それを押し隠し、落ち着いた口調で言った。

「親切ごかしに送ってきて、うまく部屋に入り込んだのか！」

宮下氏は、両の拳《こぶし》をギュッと握った。

「余震が何度も続きましたよね。それで、娘さんが怯えて、ここにいてくれと」

「嘘をつくな！」

乱暴に靴を脱いだ宮下氏が、殴りかからんばかりの形相で息を荒げ、主水の方へと近づいてきた。

菜緒が主水と宮下氏の間に立った。

「新宿のエレベーターに乗っていたとき地震に遭って、昨日は五時間も閉じ込められてたのよ。モンさんと一緒だったから助かったんだから。ひとりじゃ頭がおかしくなってたわ。ここまで送ってもらったんだから」

菜緒が主水の味方を始めた。

「巧《うま》いこと言われて入れてしまったんだろう？」

主水に対する口調とちがい、菜緒にはやさしいというより哀《かな》しい口調の宮下氏だ。

「ひとりじゃ恐いから、私がいてって言ったの。八階は凄く揺れたのよ。ママに渡しておいた合鍵、どうしてパパが持ってるの？　いくら娘だからって、年頃の女の部屋に黙って入ってくるなんて酷いじゃない。電話してから来たらどうなの？」

菜緒が怒りを露《あら》わにした。

「家を出る前も、マンションに来る途中も、マンションに着いてからも電話した。通じないし、インターホンにも出ないから、心配して開けたんじゃないか」

「電話なんかしてないくせに」

菜緒はテーブルに載せていたケイタイを取った。

「あ……」

開いた画面が真っ黒で、菜緒は気抜けした声を洩らした。

「電池が切れてる……」

慌ただし過ぎて、電池切れに気づかなかったようだ。

何度も電話したが繋がらなかったという宮下氏の言葉は、嘘ではないようだ。

「わざと電源を切ってたんじゃないのか？」

宮下氏がケイタイを覗いた。

「何よ、いつもママの尻に敷かれて意気地《いくじ》がないくせに、今日は私を助けてくれた大切な人を怒鳴りつけたり、私のことを疑ったり」

菜緒は口を尖《とが》らせた。

「嫁入り前の娘が、知らない男を部屋に泊めるなんて、どんなに危険なことかわかってるのか……」

宮下氏は哀愁を帯びた顔を菜緒に向けたが、次に主水に視線をやったときは、また厳しい顔になった。

「そんな格好で、まさか、菜緒と一緒にベッドに入っていたとか」

「そうよ！」

主水が口を開くより早く、菜緒が挑戦的な口調で言った。

「やっぱり……」

宮下氏の顔が複雑に歪《ゆが》んだ。

「いや、私はカーペットの上だった」

「ベッドです！」

庇《かば》っているのに、わざわざ父親を怒らせなくてもいいだろうと、主水は菜緒に呆《あき》れた。

反抗期はとうに終わっているはずだが、遅れているのだろうか。ややこしいことにならなければいいがと思うものの、すでにややこしい状況だ。

「本人がこう言っているんだ。どうしてくれるんだ！」

宮下氏は怒りのあまり、やけに息苦しそうに見える。まるで、そこら辺を全速力で走ってきたばかりのようだ。宮下氏の動揺の大きさがわかる。

「どうするつもりと言われましても、孫のような歳の娘さんに変なことをしたわけでもありませんし」

そう言ったものの、菜緒の肉マンジュウの中をいじりまわし、絶頂を与え、最後には、蜜にまみれたぬら光る女の器官を、しっかりと眺めた。

間違いなく変なことをした……。

「私はもうじき古希ですよ」

ちょっとプライドが傷つくが、宮下氏は肉体関係を疑っているだろうし、オスの能力はないと思わせておくのが賢明だ。すでに色事からは遠ざかっているように匂わせた。

「アッチがダメなだけ、年寄りは若い者より、ねちっこくて猥褻なんだ」

そう言った後で、娘の前で何と破廉恥《はれんち》なことを言ってしまったのだろうというように、宮下氏は慌てて口を押さえたが、後の祭りだ。

菜緒は宮下氏に軽蔑《けいべつ》のまなざしを向けるか、狼狽《うろた》えるかと思ったが、そうではなかった。

「そうよ。モンさんはチョ〜いやらしい人よ。それがどうかした？　モンさんはね〜、モンさんは、チョ〜いやらしいんだから」

何てことだと、さすがの主水も焦った。

昨夜、どんなことをされたかを父親に話すとは思えないが、菜緒がやけに反抗的な態度を取っているだけに、勢いで話されたら困る。

指でこってりと肉マンジュウの中をいじりまわされたなどと口にされたら、たいして力のなさそうな宮下氏だが、決死の覚悟で飛びかかってきそうだ。

「い、いつから……おまえはそんな娘に……」

宮下氏は喘ぎながら菜緒にそう言うと、次に主水を睨《にら》みつけた。

「嫁入り前の娘に、よくも……は、恥を知れ！」

罵声《ばせい》を浴びせた。

「パパ、よくそんなことが言えるわね。いくらママのことが気に入らないからって、他の人とつき合うなんて、その方がよっぽど恥ずかしいことじゃないの？」

憎々しげな菜緒の言葉に、怒りの形相をしていた宮下氏が、滑稽《こっけい》なほど狼狽えた。

「ママより若い人とつき合ってるじゃない。なに、あの黄色いワンピースの女。趣味が悪いんだから」

宮下氏が喉《のど》を鳴らすと、大きな喉仏がヒクリと動いた。

「他の女の人とつき合うなら、離婚してからつき合えばいいじゃない。私は結婚してないの。誰とつき合ったって文句を言われる筋合いはないわ。モンさんとつき合ってどこが悪いの？」

主水の腕に自分の腕をまわした菜緒は、べったりと躰を寄せた。

「嘘をついて、わざと父親を困らせるんじゃない。私が父親なら、パンツを下げて、青い尻をぶちのめしてるところだぞ」

今まで菜緒に見せたことがない毅然《きぜん》とした口調で言った主水は、菜緒の腕をもぎ取った。

菜緒が強《こわ》ばった。

「いいか、世の中には男と女しかいない。まあ、今どきはどっちかわからない者もいるにはいるが、絶対数は男と女だ」

男と女しかいないと断言できない時代になってしまったのは、七面倒臭い。

「お父さんが女性と歩いていたとしても、声を荒げるようなことじゃない。結婚したら異性と一緒に歩くこともできないというんじゃ、生活できなくなる。結婚しても、時には連れ合い以外と一緒に歩くこともあれば、話すこともある。酒を酌《く》み交《か》わすこともあるだろう。それが自然だ」

主水は、生涯に妻ひとりという清廉潔白《せいれんけつぱく》な生活などできるはずがないと思っているし、妻が健在だったときも、けっこう女遊びをしていただけに、今は宮下氏の味方もしておきたい。しかし、ひ弱な宮下氏に女がいるなど、にわかには信じがたい。

「モンさんはパパの不倫に味方するのね」

「女と歩いたり食事したりしても、それが不倫とは限らないじゃないか。そうか、そんな勘違いをして、いい歳して親に反抗してるってわけか。けっこう可愛いじゃないか」

「モンさんのこと、嫌いになるから」

菜緒が主水を睨んだ。

「ちょっと待て。服を着てから話を続けよう。このままじゃ、お父さんに失礼だからな。モーニングコーヒーを飲みたいけど、無理か？　三つだ」

菜緒はわざとらしくふくれっ面《つら》をしたものの、目の前のキッチンに向かった。

「失礼します」

主水は宮下氏に背中を向けてズボンを穿き、ポロシャツを着た。これで情けない格好からの脱却だ。

宮下氏はカーペットに腰を下ろし、ガラステーブルに手を載せて、大きな溜息をついている。黄色いワンピースの女のことを娘に指摘され、動揺しているようだ。

「電車、動いてましたか？」

主水は宮下氏と向かい合って腰を下ろし、明るい口調で訊いた。

「何とか……」

「動き出すのを待って来られましたか」

「ええ……」

「こんな大事なときにケイタイの電池切れとは。心配されたでしょうね。エレベーターに閉じ込められたときには参りましたが、話し相手がいて助かりましたよ。大の男でも、ひとりじゃ、心細いものです。五時間ですよ、五時間。それでも、五時間はいい方だと言われました。閉じ込められている最中にも何度か揺れが来て、電話はなかなか通じないし、ひとりじゃ気が滅入ってたでしょうね。娘さんも、閉じ込められた直後は、あちこちに必死に電話していましたよ。でも、どこにも通じませんでしたね。その時はまだ電池は切れていなかったはずなんですが」

宮下氏は主水の話など耳に入らない状態とわかっているが、沈黙が肌に刺さるほど痛く、息苦しいときがある。今がそうだ。だから、主水は一方的に喋った。

話しながら宮下氏を観察した。

腕時計は非常に高価なものだ。恐らく百万円以上するだろう。スーツもオーダーメードのようだ。

「まだ就活中にしては、娘さん、贅沢《ぜいたく》なマンション暮らしですね。可愛い一人娘なら、金に糸目はつけず、でしょうね。幸せな子だ」

金があれば幸せとは限らない。それがわかった上で、宮下家を探るつもりで言った。

宮下氏は他のことを考えている。主水の言葉は聞こえなかったようだ。

「自己紹介が遅くなりました。こういう者です」

今、宮下氏に何を話しても無駄とわかっていたが、仕事になるかもしれないと、名刺を差し出した。

「怪しい者と思われているかもしれませんが、こういう会社をやっております。何か、お困りのときは思い出していただけると幸いです」

宮下氏の手元に名刺を押しやると、黙って受け取り、文字に視線も向けず、無意識に胸ポケットに入れた。

まずは、ポケットに入れてもらえただけで十分だ。

コーヒーはインスタントではなく、コーヒーメーカーで淹《い》れたものだった。

「美味い。これで元気になれる。あなたは、しばらくここにいらっしゃるんでしょうね。私はこれを戴《いただ》いたら帰ります。会社も書類が散乱しているようで」

宮下氏は菜緒を見ないようにしている。うつむき加減だ。

「私も、これを飲んだら出ます……娘の無事が確認できればそれでいいので」

宮下氏は、これ以上、黄色いワンピースの女のことを、菜緒に追及されたくないのだ。今、ここにいるのも針の筵《むしろ》に座っている気持ちだろう。主水が帰ると言ったのが救いになり、もうじき追及から解放されると、ほっとしているかもしれない。

部屋に入るなり、下着姿の主水を見て動転し、父親として怒りに震えたはずが、今はそんなことなど忘れ、自分のことで精いっぱいのようだ。

半日以上一緒だった菜緒と別れると思うと心残りだったが、主水は次の仕事のことを考えていた。

菜緒の部屋を出た宮下氏は、また大きな溜息をついた。

「連れ合い以外とつき合う気持ち、男だからわかります。どんなにいい妻だったとしても、それとこれとは別ですからね。外に女性がいれば、女房にもやさしくなれるというものです。結婚したからといって、一生、女房一筋なんて、それは無理ですよ。でも、娘さんに見られたのはまずかったですね。気をつけないと。娘さんへの上手《うま》い言い訳、一緒に考えましょうか。協力します」

エレベーターの前で、主水は、あなたの味方ですというように語りかけた。

「あんな女……」

宮下氏はそう言うと、今まで以上に大きな溜息をついた。

あんな女というのが妻なのか、黄色いワンピースの女なのか、その一言ではわからない。

「お困りのことがあれば、解決します。名刺をお渡ししましたが、なかなか解決できないようなことを解決するのが高級便利屋です。男女のことも、うまく収めます。騙されて詐《さ》欺《ぎ》師《し》の男に惚《ほ》れていた娘さんを上手に取り戻したこともあれば、女に貢《みつ》いでいた旦那さんを正気に戻して、奥さんの元に返したこともあります。依頼されたとわからないように、上手くやりますよ」

エレベーターに乗ってから話し始めた。

「高級便利屋……?」

初めて宮下氏が反応を示した。

「胸ポケットに名刺を仕舞われたじゃありませんか」

「えっ?」

主水がポケットを指すと、宮下氏は首を捻《ひね》りながらも手を入れた。

自分で入れたことを忘れている。

名刺を取り出した宮下氏は、しげしげと眺めた。

「相談は無料。もちろん、口外はしません。報酬は相談の上。そして、成功してからしか戴きませんので、詐欺師ではありません。子供の使いのような仕事はしませんから、費用は少々高くなりますが」

一階に着き、扉が開いた。

「娘さんへの納得のいく言い訳も考えますよ。嘘も方便。父娘関係がスムーズになるなら、それもアリと思います」

エレベーターを降りた。

「まさか、奥様には知られていないでしょうね？　娘さんから奥様に告《つ》げ口するようなことがあるでしょうか」

さり気なく宮下氏の不安を煽った。

宮下氏はエレベーターの前で、名刺に見入った。話すかどうかと迷っているようだ。

「妙な縁ですが、これも縁。仕事抜きで話しませんか。話を聞くだけならお金は戴きません。それより、男として、黄色いワンピースの女性のことは気になっていますし。いい女なんでしょうね」

宮下氏の全身の神経がピクッと反応したような気がした。

「娘とは、本当に何もなかったんですか……」

予想外の質問が返ってきた。

丁寧《ていねい》な言葉で話してきたのは、菜緒の部屋にいた主水への怒りは、一応収まったからだろう。

「妻を亡くしていますが、子供には手は出しません。女にも困っていませんし。昨夜の娘さんの怯えは、パニックまで出て大変でしたよ。だから、最初は医者だと……エレベーターの中でですが……そう言ったら、随分と落ち着きました。救出されるまでは医者を通しましたが、出てからは、きちんと、その名刺を渡しました。だからといって、嘘つき呼ばわりされることもなく、不安だからいてくれと言われました。新宿からここまで歩くしかなかっただけに、私も相当疲れていて、さらに自宅まで歩く元気もなく、ここで休めるなら助かると、一夜の宿を借りた次第です。部屋でも何度か揺れました。八階の揺れが思っていたより大きいのに驚きました」

主水は菜緒をいじりまわしたことは、おくびにも出さなかった。

「さっきはすみませんでした……娘がお世話になりまして」

「いえいえ、私も泊めてもらって助かりました」

隠しごとをしているので、礼を言われると後《うし》ろめたい。

「娘は私を軽蔑してましたね……」

宮下氏は泣きそうな顔をした。

「年頃で敏感なんですよ。信頼を取り戻すのは簡単です。一芝居打ちますか……おっと、失礼。黄色いワンピースの女性、あなたと何の関係もないのかもしれませんしね」

「うまく別れられないでしょうか……」

「は?」

「困ってるんです……」

「どちらにですか……? 奥さんなのか、その黄色い人の方か……」

「嵌《は》められたみたいで……娘が見た女に」

宮下氏が、また溜息を洩らした。

「お話だけでも伺いましょう。きっとお力になれると思います」

主水は面白くなってきたと思ったが、そんな気持ちは押し隠し、重々しい口調で言った。

宮下氏を伴って、タクシーで会社に直行した。

喫茶店で話を聞こうと思ったが、人に聞かれたくないと言われた。確かに、まわりに人がいては、重大なことは話せない。

会社には相談室があるからと言って連れてきた。

娘の紫音は、腰を屈《かが》めて落下した書類の片づけをしていた。

昨日と同じ服だ。夕方の大地震から帰宅せず、ここに詰めていたとわかる。

オフホワイトのスーツは、最近、新調したものだ。今までより、ややスカート丈が短い。我が娘ながら、けっこういい女だと思っているが、なかなか恋人ができない。よほど強い男でないと太刀打ちできないだろう。ともかく、色気を出してスカート丈を短くしたのなら上等だ。

「あら、早かったのね」

振り向いた紫音が、予想外という顔をした。

まだ八時半だ。

「お客様だ」

「えっ？」

後から入ってきた宮下氏を見ると、紫音は慌てて立ち上がった。

「いらっしゃいませ。秘書の野島でございます。昨日の地震で、書類や本が落ちてしまい、まだ完全に片づいておらず、申し訳ありません。すぐにコーヒーをお持ちします」

油断して父親に対する言葉を口にした紫音は、きびきびした秘書に一変した。

「コーヒーは飲んできたから、お茶にしてくれないか。相談室に頼む」

「ちょっと、ここでお待ちいただけますか。相談室の置物が倒れたので、掃除してもらっていたところです。もう終わるころと思いますから」

「みんな早くからご苦労だな。きみはお茶を頼む。相談室は私が見てみよう。宮下さん、ほんのちょっと、こちらでお待ちいただけますか？」

入口の椅子《いす》を宮下氏に勧《すす》めた主水は、こんな早い時間から誰が掃除をしているのかと、相談室に足を運んだ。

ドアを開けると、社員の武居勇矢がソファに横になっている。熟睡のようだ。

こんなことかと、主水は呆れるよりおかしかった。紫音は、宮下氏の手前、勇矢が寝ていると言えなかったのだ。

「おい、起きろ」

ドアを閉め、勇矢の肩を揺すった。

「うん……？」

目を開けた勇矢が、目を擦《こす》った。

ネクタイを外し、ワイシャツのボタンをいくつか外しているので、しまりがない。

「社長……どうしたんですか」

「客だ。ここで話を聞く。他の部屋で寝ろ」

「えっ？　まだ九時前じゃないですか」

勇矢は腕時計に目をやった。

「お天道様は頭の上だ。昨日は揺れたとき、どこにいたんだ。野島さんが、なかなか連絡がつかないと言っていた」

「みんながあっちこっちに同時に電話するから、余計に繋がらなくなるんです。僕はここを心配して、ここに向かってすぐに歩きはじめました。だから、ここにいるんじゃないですか」

「どこにいたか言えないらしいな。野島さんは、ラブホじゃないかと言ってたぞ」

主水は冗談で言ったつもりだったが、勇矢が総身で反応した。

「うん？　図星か。おまえという奴は、大物だな。ともかく、退《ど》いてくれ。いい客になるかもしれない」

「あの大揺れの後で、朝っぱらからお客さんとは、何か匂いますね」

勇矢も負けていない。

「いい匂いがするだろう。さっきまで若い女と一緒だったからな」

「そうですか。それはよかったですね。お客も若い女ですか」

勇矢は主水が若い女といたことを端《はな》から信じていない、小馬鹿にした口調で言った。社長に対して媚《こ》びることなく、こんな遠慮のないところが、主水は意外と気に入っていた。

「客はおまえより十ぐらい年上の男だ」

「若い女が、朝には男に化けましたか。睡眠不足なので、もう少し寝かせて下さい。夜中から会社の片づけをしていたんですから、文句は言われませんよね？　隣を借ります」

「夜中からは野島さんとふたりだったのか」

主水は、ふふと笑った。

「他の社員は愛社精神がないんでしょうね」

「ほう、きみには愛社精神があったのか。嬉しいことだ。だが、今日のきみの仕事はないんだから、夜まで寝ていていいぞ。退屈なら、建物にヒビでも入っていないか、丁寧に点検してくれると嬉しいが」

「嫌味ですね」

「そうだ、正解だ。寝惚けてないようだな。すっかり目が覚めて、脳が正常に働いてるようじゃないか」

そこに紫音がやってきた。

「お茶はこちらにお持ちした方がいいですよね？　武居さんには、目が覚めるように、後でとびきり苦いのを出してあげるわ」

「この通り、目は覚めてる。脳味噌《のうみそ》も正常に働いてる」

紫音と勇矢のやりとりに、主水はククッと笑った。

「武居君、お客さんをここに案内してくれないか。きみにも、ひとつぐらい仕事を与えないと、後は寝るしかないようだからな」

「はいはい、上客を丁寧にお連れします。でも、それは野島さんの仕事と思いますが」

不満そうに言いながらも、すぐに勇矢は宮下氏を連れてきた。

「では、信頼と実績の加勢屋ですので、納得いくまでご相談下さい。加勢屋に不可能はありません。どんな難題も解決します。必ず、お客様のお力になれると思います」

勇矢は愛想よく、そして、力強く言った。つい今し方までの主水や紫音に対する態度とは正反対だ。

ドアを閉める前に、勇矢は主水にだけわかるようにピースマークを出し、ニッと笑った。

その後、紫音が、お茶と、大きめのグラスに入れた冷水を運んできた。

「コーヒー、紅茶もお持ちできます。遠慮なくおっしゃって下さい。お水もご用意しておきました。では、ごゆっくり」

紫音は丁寧に会釈《えしゃく》して出ていった。

「声は外には洩れません。気になさる方がいらっしゃるので、最近、防音室にしてみました。いくら内部の者が口外しないと言っても、相談内容によっては、目の前の者以外に聞かれたくないとお思いのこともおありでしょうし。冷めないうちに、お茶をどうぞ」

主水は硬い表情の宮下氏に、ゆったりと言った。まずは緊張の糸をほぐしてやらなければならない。

宮下氏は湯飲みを取ると、ぐっと一気に飲み干した。それから、グラスを取り、ゴクゴクと半分ほど飲んだ。

「よろしかったら、これもどうぞ」

主水は自分のグラスも宮下氏の前に置いた。宮下氏の口から出てくる言葉が待ち遠しい。

「話すだけでストレスが解消できるなら、それでもけっこうですからね。それで金を取ったりはしませんから」

「今の男性が、加勢屋に不可能はない、どんな難題も解決すると言っていましたが、本当ですか」

救いを求めるような口調だ。

「本当です。難しい問題が、より費用がかかるのはおわかり戴けるかと思います」

成功報酬のことを、まず、しかし、さりげなく言った。そして、これまでの男女間に関する依頼や、それをいかに解決したかを、三例ほど話して聞かせた。

「嵌められたみたいだとおっしゃっていましたね。私を信じてお話しいただけませんか」

「恥です……」

宮下氏の端正な顔が苦悩に歪んだ。

「人に話さなくていいなら、話さないでいたいことは、誰にでも山ほどあると思います。もちろん、私にも。でも、それを話すことで悩みが解決するなら、明るい未来を選ばれた方が得だと思います。恥を恥と思って抱え込んで生きていくか、それをぶちまけて解放されるか、どちらを選ばれますか？　私どもは、これまで多くの難題も解決して参りましたから、どんなお話を聞いても驚くようなことはありません。仕事なら、依頼主様に百パーセント味方します。ただし、犯罪には手を貸しませんが。あの、お茶……いえ、お茶以外でもかまいませんが、何か持って来させましょうか。喉が渇いていらっしゃるようで」

宮下氏は強度の緊張で、お茶や水を飲んでも唇が乾くようだ。

「すみません。では、熱いお茶を……」

主水は室内電話で、すぐに紫音に連絡した。

お茶が運ばれてくるまで、主水は昨日の地震前、カフェ・モンドという自分の名前に似たカフェに気づき、そこに入ったことや、いかに美味いコーヒーだったかを話した。

お茶が運ばれてきて、紫音が出ていくと同時に、宮下氏は、また一気にお茶を飲み干した。

「実は！」

宮下氏は身を乗り出すようにして、勢い込んで言った。

ようやくその気になったかと、主水も身を乗り出した。

「いえ……やっぱり」

勢いをなくした宮下氏が、前のめりになっていた躰を元に戻した。

「あなたにお会いしたのは、何かの縁と思っています。世の中には、偶然などないと言いますし」

「じゃあ、必然であの女に会ったと？　まさか……」

宮下氏は主水の言葉を否定したいようだ。

「では、偶然の出会いをした女性のことを、お話し戴けますか。私どもの口は鉄より堅いです。嵌められたようだという尋常でない言葉を聞いてしまった以上、このまま別れるわけにはいかない気がしているんです」

　宮下氏は長い間、迷っていた。

「もし、何とかなるなら、そうですね……五百万円お支払いしてもいいぐらいです」

　まず成功報酬を口にした宮下氏に、相当困っているなと主水は確信した。

「成功報酬を出し過ぎたなどという気持ちにはさせません」

　主水は五百万円の金額にも驚いた様子を見せず、自信たっぷりに言い切った。

「金をゆすられてる……」

　宮下氏が、観念したように喋り始めた。


　気に入りのショットバーで呑んでいたとき、隣り合った女性に話しかけられた宮下氏は、上品で穏和な女に惹《ひ》かれてしまったという。だが、その日はそれで終わった。

「またここでお会いできると嬉しいわ。来週の水曜ぐらいに来てみようかしら」

　女の言葉に、宮下氏は、翌週の水曜、バーに行き、また女と出会った。

　女優にしてもおかしくないような三十半ばの女は、美人でプロポーションも抜群で、いつも、宮下氏の知らない仄《ほの》かな香水の香りを漂《ただよ》わせていた。服も身につけているアクセサリーも控え目ながら、すべてが高価なものとわかった。

朝乃《あさの》と名乗った女とのショットバーでの逢瀬《おうせ》は、何回か続いた。毎週会えるとは限らず、あるとき、一カ月も間が空き、宮下氏はあまりの切なさに、朝乃に恋をしているのを悟った。

ひと月後に会えたときは、しばらく動悸《どうき》が収まらなかった。

「カップルでないといけないところがあるの。つき合っていただけないかしら。あなたとなら行きたいわ」

甘い誘いに、宮下氏は昂《たか》ぶった。

「どんなところかな……?」

「アブノーマルな館」

囁《ささや》くように言った朝乃は、ふふと笑った。

「あまり、まずいところには……」

朝乃となら、どこにでも行きたいと思っていたものの、親から長男が引き継いだ会社の副社長を務めているだけでなく、女豹タイプの妻に知られたらという不安が掠《かす》めた。

「大丈夫。身元がしっかりした人達ばかりしか行けないところなの。ここだけの秘密だけど」

そう言って朝乃は、有名な企業や病院の名前を出した。

「そういうところの人達が多いの。あなたもしっかりした人とわかって、お誘いする気になったのよ」

何回かの逢瀬で、朝乃には、仕事のことも、妻子がいることも話していた。朝乃は未亡人だと話した。夫がいないならと、いっそう気持ちが傾いた。

「アブノーマルは嫌い？　でも、SMは頭のいい人しかしないわ。頭脳プレイだもの。単純な人は普通のことしかしないのよね」

また朝乃が妖しい笑みを浮かべた。

SMなど別世界の言葉だった。朝乃とSMという言葉に違和感があり、宮下氏は、反応を試されているだけではないかと思った。

「SMに興味はないの？」

「考えたこともない……朝乃さんは……そんな経験があるのか……？」

「さあ」

朝乃は意味ありげな笑みを浮かべて、はぐらかした。

「ね、ショーだし、見てみるといいわ。もしかしたら、眠っているものが目を覚ますかもしれないし。お芝居や映画を見るように、気楽に見てみれば？　アブノーマルだけど、ただのショーなの」

ただのショーと言われ、朝乃に一緒に行きたいと言われると、初めてショットバーの外で会えることもあり、その気になった……。

「驚きました……綺麗な女性を縛ったり、吊したり、鞭《むち》で叩いたり、蠟燭《ろうそく》を垂らしたり、こんな長いガラスシリンダーで浣腸《かんちょう》したり」

宮下氏は胸の前で、左右の人差し指を三十センチばかりの幅に示した。

SMクラブに、生まれて初めて顔を出すことになった宮下氏は、話している最中も息を弾ませた。

「私も初めて見たときは驚きました。責められる女性の色っぽい顔に興奮して」

主水が相槌《あいづち》を打った。

「え？　あんなショーをご存じですか！」

宮下氏が仰天した。

「ええ、何度も見ています。見ているうちに余裕が出てきて、それぞれのプレイに興味を持ちました。縛りに関しては、闇雲《やみくも》に縛ってるんじゃなく、芸術なんですね。ちゃんと約束ごとがある。鞭も、プレイなので、肌を傷つけないような打ち下ろし方がある。医療プレイも命に関わるものだから、知識を持った上でやっている。まさにSMは頭脳プレイ。

生殖を超えた高度な性愛技術とわかりました。知識人の愛好家が多いようですね。おっと、これは余計なことを……で、どうなりました」

主水は宮下氏に、次の言葉を促《うなが》した。

「今度は毎週のように、ふたりでショーを見に行くことになりました。朝乃さんが、ショーの最中に、思わず身を寄せてきたり、汗ばんだ手で私の手を握り締めたり……興奮しているとわかると、こちらまでよけいドキドキしました。でも、ショーが終わると、酒を呑むことはあっても、それで別れていました。こちらからは、なかなか誘えなかったんです。朝乃さんがノーマルでなかったらどうしようとか、そんなことばかり考えてしまい……」

そこで宮下氏は、ハアと溜息をついた。

「そのうち、朝乃さんからホテルに行きたいと言われました。それも、ショーのようなことをしてほしいと言うんです。そして、そういう道具も揃《そろ》っている、専用のホテルを教えてもらったことがあるからと言われました……自分で縄や蠟燭や大人の玩具《おもちゃ》を買わなければならないならどうしようと思いましたが、自分で買わなくていいならと、ほっとしました。そして、それならと、承知しました。ともかく、朝乃さんとホテルに行きたいとばかり考える毎日でしたから……不安もありましたが、誘惑に負けました……」

言葉を切るたびに、宮下氏の溜息は大きくなっていった。

「これまで見たことのない素晴らしい躰でした。絹のような肌に豊満な胸……腰の色っぽさ……アソコは見なくても、具合のよさがわかるようでした……私はホテルに入った以上、ひとつになることしか考えていなかったのに、朝乃さんは、まだセックスはしたくない。ショーのようなことをしてくれと言うんです。最初からそう言われていたものの、見るのとするのはちがいます。何回か見たからといって、そういうことができるとは限りません」

「そうですね。あれは、修業が必要です。適当にやればいいってものじゃありません。第一、縛りなど、修業しないと無理だし、ただ縄をまわしても美しくない」

主水も頷いた。

「でも、頼まれると、できない、しないと言うわけにもいかず、朝乃さんの裸を見ると、ますます惚れてしまい、嫌われたくないという一心で、まずは両手をくくってみました。それだけで妙な気持ちになって、朝乃さんも恥じらいの顔を浮かべて、艶《つや》っぽい声を洩らしてくれ……そうなると、プレイどころか本番をしたいと思うのは男です……朝乃さんの両手の自由もないし、あちこち触った後で、アソコを開いて見ました。それはそれは綺麗なもので、我慢できなくなって、合体しようと思ったのですが、今日はまだだめと言われ、そう言われると、強引にして嫌われて、これきりになったらと思い……」

宮下氏は情けない顔をした。

「自分からホテルに誘っておきながら、ずいぶんと残酷な女ですね。ついにできずじまいですか」

主水は憐憫《れんびん》の目を向けた。

「三度目にはできましたが、それからも、すぐにはさせてくれず、アブノーマルなプレイをしてからしか。それで、そのホテルに通ううちに、自分なりに最低限のプレイを楽しむことができるようになりましたし、朝乃さんが悦んでくれるので、ショーを見ては学び、頑張りました……ところが」

宮下氏は頭を抱え込み、しばらくじっとしていた。

「プレイを隠し撮りでもされていて、脅《おど》されましたか」

宮下氏が驚いて顔を上げた。

「どうしてわかったんです！」

「嵌められたようだとおっしゃっていたし、そんなところかと」

どうやら、金があると目をつけられ、じっくりと観察されたあげく、みごとに獲物として射止められたようだ。

「金を要求されるようになったら、ホテルには誘われなくなったんでしょうね」

宮下氏が力なく頷いた。

「ゆすりの材料になっている、プレイのビデオを取り戻せばいいわけですよね？」

何枚もダビングされていると困るし、それをあちこちに隠されていると困るが、ここでは不安を微塵《みじん》も出してはならない。主水は悠然としていた。

「そんなことができるんですか……？」

「取り戻すしかないじゃありませんか。そうでないと、せっかく勇気を出してお話しされた意味がなくなります。今まで、いくらゆすられましたか」

「二百万……」

「たったそれだけですか……あ、失礼。しかし、あなたの身元がわかっているなら、もっと請求してもいいと思ったんです」

主水は意外だった。

「会社の社長は兄だし、私はそれほど自由になる金はないと言ったんです。預金だって妻が管理していると。それで、一度で自由になる金は、せいぜい五十万と言ったら、毎月、それだけ請求されるようになって、四カ月目というわけです……」

「ということは、一年で六百万になり、今後十年で六千万になり……と、まあ、そういうことになりそうだというわけですね」

宮下氏が頷いた。

それなら、成功報酬が五百万円でも安いはずだ。一千万円と言いたかったが、娘の菜緒をいじりまわしたこともあり、嘘をついている後ろめたさから、宮下氏が口にした五百万円にしておこうと思った。

「任せていただけますか？　成功したら五百万円。失敗しても、かかった経費と基本料の三十万円は戴くことになりますが、まず失敗はないでしょう。明朗会計ですから、かかった経費の領収証もお渡しします」

「本当に朝乃と手を切れるんですか……？　だけど、朝乃はいい女で、二度と抱けないと思うと、それはそれで辛《つら》いというか……プレイしているときの声も、合体しているときの声も、本当に何とも言えないんですよ……思い出すだけでムスコが疼《うず》くんです」

宮下氏は、悪女に惚れた哀しみを複雑な表情に表しながら、最初とは打って変わって、主水にベッドのことまで大胆に、かつ、事細かに話し出した。

主水の肉茎も疼き始めた。

三章　ＳＭクラブ

喫茶店の外を眺めると、まだ雨が降っている。だが、だいぶ小降りになってきた。もうじき止《や》むだろう。

「いいですね？　ともかく、アブノーマルに目覚めてしまったと言うんです。だから、ショーだけでも一緒に見たいと。そのために大金を払って、厳しい審査のあるクラブの会員になったと言って下さい。いやだと言われたら、金は渡せないと言うんですよ」

主水は、今回の仕事の依頼主、宮下氏に繰り返した。

「でも……そんなことを言って、女房や兄貴に、ビデオを渡されたりしたら……」

体育会系とは対極にいるような、色白の宮下氏は、不安な面持《おもも》ちだ。

朝乃という女に金銭目的で目をつけられ、簡単に罠《わな》に引っかかった宮下氏は、アブノーマルなプレイをせがまれ、あげくにその様子を録画され、それを脅しの材料に、毎月、五十万円ずつ、金をせびり取られている。

生涯、金を渡し続けるしかないと思っていた軟弱な宮下氏の援護にまわったからには、何としても今後のゆすりは食い止めるつもりだが、本人が今も弱腰で困ったものだ。アブノーマルが何だ、浮気が何だと、居直れる性格ならいいが、女房を恐れ、社長である兄の目も恐れている。

不倫を知られるだけでも困ると思っている宮下氏だけに、その相手とSMプレイをして楽しんでいたことが知れれば人生の終わりだと、大仰《おおぎよう》に考え、戦々恐々《せんせんきようきよう》としている。たくましい男なら、離婚しても女は山ほどいるし、会社を馘《くび》になったら別の仕事をすればいいと考えるだろうが、宮下氏が力仕事をしている姿を想像するのは難しいし、居酒屋の厨房《ちゆうぼう》で料理している姿や皿洗いしている姿も想像できない。四十五歳の宮下氏が、他の会社で新たな第一歩というのも、正直、あまり想像できない。困ったものだ。

かつての総理の言葉のように、「人生いろいろ」と言ってやりたいが、言うだけ無駄とわかっている。

「宮下さん、これからも毎月五十万ずつ、朝乃さんに金を渡し続けますか。それなら、何も困ったことは起きませんしね」

主水はわざと、そう言った。

宮下氏は胸を撫で下ろすどころか、男のくせに、泣きそうな顔をした。

宮下氏の娘の、二十二歳になる菜緒の泣き顔なら可愛いが、いい歳をした男の泣きっ面は情けないだけだ。

根性を据えろ！　ちゃんと股座《またぐら》には金玉がついてるだろう！　と怒鳴りたい気持ちもあるが、客なので、そうはいかない。

「まあ、十年、二十年後ぐらいまでは、月々の五十万円も何とかなるかもしれませんが、三十年後は七十五歳。今は長生きになっていますから。最低その歳まで生きるとして、一億八千万円かかります。八十五歳まで生きたら二億四千万円になります。いえいえ、健康そうにしていらっしゃいますし、今は寝たきりでも医療が進んでいて、口から食べられなくなったら、管から栄養を入れて生き続けられますし、九十歳までとして二億七千万円。まあ、お金持ちなら、立派な老人ホームに入居されるでしょうから、二十四時間態勢で医師も看護師もいてくれて、至れり尽くせりでしょうから、百歳までも大丈夫かもしれませんね……というか、大丈夫でしょう。となると、後五十五年で、ええと、ざっと三億を超しますね。図々《ずうずう》しい女は特に長生きしますし、朝乃さんはまだ三十半ばらしいじゃありませんか。あなたより若いし、女の方が男より長生きなんですから……となると、存命中は彼女から逃げられませんね。家庭円満、仕事の円満を考えて、今後の三億円は何とかしますか。それならそれで、私は何も反対できませんし、この話はなかったことにしましょう。秘密は絶対に口外しませんから、ご心配なく」

主水は電卓を手に、将来、宮下氏がゆすられる金額を口にしながら、最後は、仕事から手を引くような口振りで言った。

「三億なんて……無理だ」

どうやら宮下氏は、百歳まで生きるつもりらしい。

「本当に、何とかできるんですか……」

また尋ねられた。宮下氏に信用されていない。

初めて会った日、自分から五百万円の成功報酬を払ってもいいと言っておきながら、なかなか不安が拭えないようだ。

数日前も宮下氏と打ち合わせをし、今日は仕事の開始日だ。それでスタート前に、これからのことを再度、念押ししているのだが、困った男だ。

「何とかしないと、私どもも五百万円の報酬はいただけないんです。できると思うから、お受けしたんです。もしかして……五百万円と口になさったものの、高すぎると思われるようになって、もう少し安くならないかと、お思いとか」

宮下氏がそんなことを思っているはずはないとわかっていながら、またも、主水は故意に口にした。

「高いとは思っていません。成功したらそんなもの……成功したらもっと払ってもいいくらいです」

単純すぎる宮下氏は、簡単に引っかかった。これで報酬を上げられる。

「要するに、私どもが失敗するとお思いなんですね。でも、成功したらどうなさいますか？　失敗はしませんよ。一カ月では無理かもしれませんが、長くても、二、三カ月もあれば、将来の三億円は払わずにすむようにしてさしあげます」

三億円に力を入れなければならない。

「成功したら、もっと払ってもいいくらいだとおっしゃいましたが、本当ですか？　いえ、冗談でしょうね」

主水は笑みを浮かべると、たいして美味しくもないコーヒーを飲み干した。

「本当に成功したら……倍払います。その代わり、女房に金の動きを知られるとまずいので、成功したら、五百万円はまずお支払いしますが、残りの五百万円は、何とか五十万円ずつの、月々十回払いにしていただけませんか……？」

一千万円の報酬は上等だ。だが、娘の菜緒の大事なところをいじりまわしたことを思いだし、父親にそれを隠したまま、大金を受け取るのはまずいような気がする。

「最初に五百万円と言ったんです。それ以上は受け取りません。あまりにあなたが信用されていないようだったので、ちょっと口にしてみただけです。ご心配なく。成功報酬は五百万円より高くはなりません。それが最初のお約束だったはずです。うちは阿漕《あこぎ》なことはしません」

そう言いながら、菜緒に触らなかったら一千万円を臆《おく》せずに頂戴《ちょうだい》できただろうと思った。

指でいじって気をやらせただけで五百万円か……と思うと、気をやってベトベトになっていた菜緒の秘所を、紳士面《づら》してティッシュで拭いてやったりせず、舌で舐め取ってやるんだったと、いつになくはしたない考えが、ちらっと浮かんだ。

宮下氏が引き上げた成功報酬を自分で遠慮しておきながら、ひととき主水は、損をしたような気になった。だが、宮下氏の娘の菜緒と知り合ったからこそ、この仕事に繋がったのだ。

欲に目が眩《くら》むといいことはない。危ないところだった……。

主水は下種《げす》な考えを改め、五百万円に納得した。

「加勢屋さん、成功を信じます。一千万円出すと言ったのに、半分でいいという人が、今の世の中にいるとは思えません。それも成功したら払えばいい金額です。どんなに誠意のある会社かわかりましたし、信頼できる気がしてきました。安い方が助かります。でも、成功した暁には、五百万円の半分……あと二百五十万円足して、七百五十万円を払わせていただきます。受け取って下さい。信じていいんですよね？」

「もちろんです。任せて下さい」

欲を出さなかったので、二百五十万円がプラスされた。

宮下氏は、ぜひ払わせてくれと言っている。気持ちよく払うと言っているのだから、後ろめたさはない。ありがたく頂戴するだけだ。

「では、すでに朝乃さんを誘っているようですが、今夜、指定したSMクラブに、何としても連れてきて下さい。私と部下も入ります。知り合いの経営するクラブなので、あなたのことは話してあります。私達は赤の他人ということに。いいですね？」

朝乃と知り合うきっかけを作らなければならない。そのためには、どうしてもSMクラブを使いたい。

「朝乃が行かないと言ったら、金は渡せないと言えばいいんですね……」

「そうです。月々ちゃんと払っているのに、そのくらいつき合ってくれてもいいだろうと。行かないと言われたら、今日は渡せない、そう言うんです。脅されたら、もう金を払わなくてよくなるんだから、それならそれでもいいと居直ったように言ってみて下さい。強気に出れば大丈夫です。相手は金の亡者《もうじゃ》ですから、損するようなことはしません。今後入ってくるはずの三億円を棒に振るわけがないじゃありませんか。三億円ですよ」

またも主水は、三億円に力を入れた。

新宿の会員制クラブ、「ジュピター」に入るには、チェックが厳しい。エントランスでドアを解錠してもらって入るのは、今時のマンションでは珍しくないが、中に入っても、さらに許可が下りなければ、エレベーターも開かないようになっている。

ジュピターは最上階だ。

「チョ〜高級そう」

主水と一緒にビルに入った吉祥寺のバー美郷のホステス、茉莉奈は、好奇心旺盛《おうせい》だ。

知り合ったとき二十三歳だった愛人の茉莉奈も、二十四歳になった。

豊満な胸を強調するような襟《えり》ぐりの広く開いた白いワンピースは、おねだりされて、つい最近、主水が買ってやったものだ。

宮下氏の娘、菜緒は、茉莉奈とふたつしか歳がちがわないというのに、まだまだ子供で、茉莉奈はそれなりに大人だ。だから、ためらいなくセックスもできるのだが……。

「いいか、何度も話したように、大事な仕事だから、ミスをしたら大変なことになるんだ。上手く二時間が過ぎたら、約束の小遣いは渡す。失敗したら文無しになって、茉莉奈の店にも行けなくなる。そこは、よく頭に入れておいてくれよ」

軽はずみなことをされないように、仕事でSMクラブに潜入することになったと話してある。

「たまたま知ってる人がいても知らん振りしていること。モン様とは恋人同士で、SM大好きカップルってこと……でしょ?」

「そうだ。これからの二時間は、何もなくても、何かがあっても大切な時間なんだ。茉莉奈はおとなしくしていること。何も喋るんじゃないぞ。返事するときは頷くだけ。いいな?」

キッと口を閉じた茉莉奈は、神妙に頷いた。

上階に着き、インターホンを押すと、ドアがすぐに開いた。

ドアを開けたのは、SMクラブのオーナー、樺島《かばしま》だ。先日、数年ぶりに会い、今回のことは話してある。

彫りの深い顔に、黒い作務衣がなかなか似合っている。それだけで、一般人とは何かちがう……と思わせる雰囲気だ。白髪《しらが》が増えた。

六十半ばになっている樺島だが、ますます精悍《せいかん》になり、いかにもM女にもてそうだ。

「お待ちしておりました」

笑顔の樺島だが、茉莉奈を意識して主水との距離を保った挨拶《あいさつ》だ。

「連れ共々よろしく」

主水も同じように近しさを隠した口調で言った。

「おふたりが最後です。どうぞ」

奥の部屋は三十畳ほどの広さがあり、様々な趣向が凝《こ》らされている。大金を掛けてSMプレイ用に改築したと聞いている。

見た目は普通のリビングだ。ただ、広いので、臙脂《えんじ》色の大きな波形のソファには十人近く座れそうだ。ショーの会場には椅子が並んでいることが多いが、ここはちがう。絨毯《じゅうたん》に座っている者もいる。値が張りそうなペルシャ絨毯だ。窓際のテーブルの椅子に座っている者もいる。ざっと見て、今日の客は二十人ほどだ。当然ながら、カップルが多い。

宮下氏は女といっしょに、ふたり掛けのソファに座っていた。波形のソファと同じ色だ。女は朝乃にちがいない。なかなかの美形で目立つ。

髪をアップにしているので、顔に自信があるのだろう。濃いめの弓形の眉に大きな目。鼻筋も通っている。だが、主水は、自分ならこの女には近づかないだろうと思った。一癖ありそうな雰囲気だ。宮下氏に朝乃のことを聞いているからだけでなく、勘でわかる。

照明を落とした中でも、朝乃のスーツは光っている。上質のシルクのようだ。ネックレスも大きめのダイヤがついているのか、仄かな光を反射して、時折、キラキラと輝く。

カップル同士で話をしている者もいる。常連だろう。そこそこの地位もありそうな、品のいい者達ばかりだ。SMは頭脳プレイ。愛好者は、けっこう名のある者達だったりする。

夫婦ではアブノーマルを隠していても、愛人と楽しむ者は多い。女達も、夫や周辺の者には性癖を隠し、情人と楽しんでいる者がいる。彼らの口は堅い。

主水は、まだゆったりと空いている波形のソファに茉莉奈と座った。

SMショーを見たことがないという茉莉奈は、ここに来て、急に落ち着かなくなったようで、座るとすぐに主水の手を握った。主水は茉莉奈の掌《てのひら》を、中指でくすぐった。

樺島と知り合ったのは、三十年ほど前だ。当時の樺島は、まだ三十半ばだったが、すでにこの業界では有名で、縄掛けの名人と言われていた。ショーで女を縛ったりするのが仕事で、樺島に縛られた女の目はトロンとして、恍惚《こうこつ》の表情を浮かべていた。

こんな仕事があるのかと、当時の主水は驚いたものだ。

樺島と気が合い、面白半分、女の縛り方も教えてもらった。筋《すじ》がいいと褒《ほ》められ、縄師になったらどうかとまで言われたが、ノーマルなセックスで十分に楽しんでいただけに、女を縛って楽しみたいという気持ちはあまりなく、樺島とも、あまり会わなくなったが、たまに電話が掛かってきて誘われ、緊縛《きんばく》ショーを見ることはあった。

樺島は会うたびにいい顔になっていく。

歳を重ねるほどに醜《みにく》い顔つきになる者と、若いときよりいい顔になる者がいて、その差は何だろうと、主水はときおり考えることがある。生き方と言うしかない。醜く生きれば、それが刻まれ、人に福を与える生き方をすれば、徳が刻まれるのだろう。

樺島と知り合わなかったら、ＳＭと福を結びつけることはできなかったが、人それぞれに性格や顔がちがうように、性癖もちがう。世間からアブノーマルだヘンタイだと後ろ指差される性癖の者達を、樺島は正面から堂々と楽しませている。都内だけでなく、全国を駆けまわってショーを開いているし、あちこちから引っ張りだこのようだ。

ここは樺島の所有する完全防音設備の調《ととの》った部屋だ。カーテンは閉められ、間接照明だけが部屋を照らしている。主水の知らない天井まである大きな樹木が枝を広げ、まるで部屋に植えられているのではないかと錯覚《さっかく》するほどだ。

先に来ることになっていた社員の武居勇矢がいない。道に迷っているのかと思ったが、勇矢のことも樺島に話してあるし、主水達が玄関に入ったとき、ふたりが最後だと言われた。ということは、勇矢は来ているはずだ。

ショーが始まる寸前に顔を出した勇矢は、洗面所に行っていたようだ。

すぐに主水に気づいた勇矢の目が、まん丸くなった。まさか、茉莉奈とカップルで現れるとは思っていなかっただろう。他人を装うことにしているが、そりゃあないでしょ、というように、ムッとしている。

茉莉奈は元々、勇矢といい仲だったらしい。勇矢に茉莉奈の勤めているバー美郷に連れて行ってもらい、それからは、モン様、モン様と呼ばれ、すっかりなつかれてしまった。勇矢と縁を切った茉莉奈は主水の愛人になっているので、勇矢としては面白くないだろうが、茉莉奈にうつつを抜かすより、何とか娘の紫音と恋仲になってもらいたいものだ。だが、気が強い者同士で、なかなか簡単にはいかない。

緊張している茉莉奈は一点を見つめ、まだ勇矢に気づいていない。

勇矢は茉莉奈と顔を合わせたくないようだが、リビングはオープンで隠れるところはない。

「失礼します」

居直ったのか、勇矢は主水の横にやってきて腰を下ろした。

驚いて何か言おうとした茉莉奈の唇に、主水は慌てて人差し指を置くと、次に、その指を頭の方にやり、乱れた髪を直してやるような素振りをして誤魔化《ごまか》した。そして、茉莉奈の手を軽く抓《つね》った。

我に返った茉莉奈が、勇矢から視線を逸《そ》らした。

樺島が紅い長襦袢《ながじゆばん》に白足袋《たび》の女と一緒に、みんなの前に現れた。

色白の女は三十前後。卵形のやさしい顔は、いかにも日本的で、小柄なこともあり、紅い長襦袢がゾクリとするほどよく似合う。アップの髪は黒々と輝き、珍しく富士額《ふじびたい》だ。上品でしとやかで、やけに官能的だ。男としては、理不尽《りふじん》に押さえ込んで犯してみたいと思ってしまうタイプだ。

「お待たせしました。今日はみなさんと一緒に楽しみたいと思います。参加したい方は遠慮なく、いつでも出てきていただいてかまいません。大勢の前でのプレイは初めてという美雪《みゆき》ですが、かなりハードなプレイも経験しています。今日はソフトなプレイですが、回数を重ねるたびに、ハードプレイに移っていく予定です。では、お楽しみ下さい」

樺島がリモコンを押すと、天井に隠れていた頑丈なフックが現れた。

樺島が縄を出すと、客に背中を向けた美雪は、両手を後ろにまわした。

飴《あめ》色の縄は、長年使い込まれた麻縄だ。麻縄は、最初は荒くれていて人肌に残酷だが、使い込まれていくうちに粗い毛羽立ちが消え、嫋《しな》やかになっていく。プロの使う縄は、一朝一夕では手に入れることができない、多くの女達の汗を吸った貴重な品だ。

樺島は縄を二重にすると、背中で重なっている美雪の腕の手首に近い部分を二巻きした。いったんそこで結び、残った縄を、そこから右まわりに長襦袢越しに胸の方にまわし、乳房の上を通って背中に戻した。今度は、右にまわしたときの縄の下にそれを通し、左まわりに乳房の下を通って背中に戻した。

背中で縄の処理をし、後手胸縄の完成だ。赤い長襦袢に隠れているものの、乳房が上下の麻縄で絞《しぼ》られ、残酷で淫《みだ》らな姿になった。

久々に見る樺島の縛りはスマートで、動きに隙がない。

ノーマルに生き、縛りなど知らない者は、闇雲に縛っているように思うだろうが、縛りには決まりがあり、ひとつひとつに名前もついている。後手胸縄は基本中の基本だ。

客に背中を向けさせ、後ろの縄の具合を見せていた樺島は、美雪の前身を客の方に向けた。

革や金属の拘束具などもあるが、和服に麻縄が主水は一番風流で好きだ。

美雪が楚々としているだけ、縄掛けされた姿は痛々しくも美しく、多くの者達のために生贄《いけにえ》にされる村一番の美女という感じの悲哀に満ちている。

哀れな中に、オスの嗜虐《しぎゃく》の血を滾らせる雰囲気があり、ＳＭプレイのＭ女としては抜群だ。もの悲しそうな表情がたまらない。縄掛けされる女としては申し分ない。笑って縄掛けされては興醒《きょうざ》めだ。

背中で余っていた縄が天井のフックに掛けて留められ、美雪はその場から逃げられなくなった。

樺島は次に、絨毯の敷かれていない床から、十五センチ四方ばかりの床板をふたつ開いた。中にはフックが取りつけてある。プレイのために設計された部屋だ。どこから何が飛び出すかわからない。主水は初めての遊園地にワクワクする子供のような気分だった。

美雪は左右の足首を、麻縄で別々にいましめられ、四十センチほどに開いて、床のフックに固定され、脚も閉じられなくなった。

切なさそうな視線を落としている美雪の表情と美しい緊縛が調和して、至高の絵画を見ているようだ。

美雪の後ろに立った樺島は、長襦袢の胸元を、肩先が剝《む》き出しになるほど、左右に大きく割り開いた。

深紅《しんく》の長襦袢に隠れていたふたつの真っ白いふくらみが露わになり、淡《あわ》い色をした乳首と大きめの乳暈《にゅううん》が客の視線に晒《さら》された。

美雪の可憐な唇が半開きになり、眉間に刻まれた妖艶《ようえん》な皺が、ますますオスをそそる悩ましい顔になった。

後ろから腕をまわした樺島は、ふたつの乳首を同時に指先で玩んだ。

「んふ……」

美雪の鼻から喘ぎが洩れ、細い肩先がくねった。

刷毛《はけ》を手にした樺島は、客の視線から美雪を隠さないように横に立ち、乳房や乳首をくすぐった。

「あは……んふ……んん……」

喘ぎを押し殺したような、鼻からこぼれる息遣いも逸品だ。

主水の股間《こかん》がひくついた。

横にいる勇矢は若いだけに、興奮のあまり、そのまま射精してしまうのではないかと心配だ。荒い鼻息を洩らしている。

ひとりの客が手を上げた。

「どうぞ」

すぐに気づいた樺島が客を招き、刷毛を渡した。

スーツ姿の、見るからにインテリの顔をした五十前後の男が、美雪の乳首をくすぐりはじめた。

「あは……んふう……んくっ」

美雪は眉間の皺を深くしながら、たまらないというように、肩先をくねらせ、くすぐりから逃れようとした。

男はひととき遊ぶと、刷毛を樺島に渡して席に戻った。主水は、男がSMショーに慣れている上客だと見た。

長襦袢の褄先《つまさき》を抓《つま》んだ樺島は、それを大胆に捲り上げ、背中の縄に挟んだ。左脚が現れた。産毛《うぶげ》一本生えていないような、白くすらりとした脚だ。半端な剝かれ方をしているだけに、猥褻さは格別だ。足を包んでいる白い足袋も風情《ふぜい》がある。

辛うじて右脚を隠していた布地も破廉恥に捲り上げられ、これも後ろの縄に挟まれると、肉マンジュウまで露わになった。剃毛《ていもう》され、翳りは一本もないが、幼女の秘園とは明らかにちがう。

肩も乳房も脚も、女の器官を隠している肉マンジュウも剝かれ、長襦袢に隠されているのは、伊達《だて》締めのまわっている乳房から腰の間だけだ。裸体より半端に剝かれた女体の方が淫らさを際立たせる。まして、美雪が清楚なだけ、周囲の空気は、いっそう淫靡な色に染められている。

新たな縄を美雪のうなじにまわした樺島は、すでに胸にまわっている二本の縄に、乳房の間を通るようにそれを絡め、腹部へと下ろし、閉じられなくなっている股間にくぐらせ、後ろのすぼまりへとまわして、軽く引き上げた。

「んん……」

縄が肉マンジュウのワレメを割って食い込んだ刺激に、美雪が腰をかすかにくねらせた。だが、動くほどに縄が食い込んでいくので、耐えてじっとしているしかない。

クイクイと樺島が縄を引いた。

「あう……ん」

美雪は刺激から逃れようと爪先立《つまさきだ》とうとするが、いつまでもその格好でいられるはずもなく、すぐに足裏を床につけてしまう。

さっき刷毛で乳首をくすぐった男とは別の男が手を上げた。

「どうぞ」

樺島は銀色のネクタイを締めた男を招き、股間にまわしている縄を渡した。

縄を持った男は嬉しそうに、クイクイッと美雪の股間を責めた。

「あは……んくっ」

美雪が泣きそうな顔をした。

主水の横にいた勇矢の鼻息が、いっそう荒々しくなっている。

相当興奮しているなと、主水は屹立《きつりつ》した勇矢の股間を想像しておかしかった。だが、そうではなかった。

「もう我慢できない。人前で女をあんな風にいたぶってどこが面白いんだ。社長、あそこに行ってぶっ壊しますからね」

ようやく怒りを抑えて囁いたとわかる勇矢に、主水は呆れ返った。

せっかくのショーを、ぶち壊されてはたまらない。主催者の樺島に頼んで入れてもらっているだけに、主水の面目、丸つぶれだ。会員制のクラブだけに、樺島も上客の信用をなくしてしまう。

「あのふたりは夫婦だ。そうでなくても、ショーだというのに、おまえは馬鹿か」

主水は馬鹿に力を込めた。

「この後、大事な仕事があるのを忘れるなよ。報酬をゼロにするつもりじゃないだろうな。頼み込んでおまえも入れてもらったというのに、私に恥を掻《か》かせるなよ。そして、営業妨害はするな」

オスとして興奮しているとばかり思っていたのに、荒い鼻息は怒りのためだったのだ。か弱い女が理不尽なことをされているとでも思っているなら大間違いだ。泣きそうな顔をしていても、美雪が濡れているのはわかっている。

「夫婦？　嘘でしょ？」

「嘘だったら、おまえに一千万円、明日にでも小遣いをやろう。終わるまでここから動くな。声も出すな。終わってからの仕事のことだけ考えていろ」

主水は他の客に聞こえないように、極力、声を潜《ひそ》めたが、雇い主としてピシャリと言った。

呆れた奴だと思ったものの、そのうちおかしくなり、思わず唇がゆるんだ。

勇矢にはアブノーマルの体質はないようで、SMで楽しく遊ぶことなど通用しないようだ。ショーにさえ立腹し、ぶっ壊すと言ったのは意外すぎたが、ますます面白い男だと思うようになった。

今回の宮下氏の依頼で、主水の脳裏《のうり》に、すぐに樺島の顔が浮かんだ。信用できる男なので、今回の計画を話したが、その時、三十四歳も年下の美雪と再婚したと言われた。

生来のM女で、自分はこの女と巡り合うために生きてきたと思ったとまで言われ、いかに樺島が美雪に惚れきっているかわかった。先妻には多額の慰謝料を渡し、円満離婚してからの再婚らしい。

そんな最愛の妻を他人達の目の前に淫らに晒し、他の者達と一緒に辱める気持ちは、常人には理解できないだろうが、愛の形もいろいろだ。

樺島の性格を知っている主水には、美雪がいかに愛されているかわかる。ふたりきりになったときの樺島に甘える美雪の姿も、脳裏に浮かんでくるようだ。

今日はソフトプレイと言っていただけに、ハードな責めや医療プレイ、後ろのすぼまりへのいたぶりなどはなかったが、緊縛したまま美雪の肉マンジュウの中をローターで嬲《なぶ》ったり、黒いバイブを押し込んだり、樺島の責めは続いた。

そのうち、主水も前に進み、蜜でぬめ光った黒いバイブを樺島から受け取ると、脚を開いて拘束されている美雪の花壺に押し込んで、そっと出し入れした。

「あは……はああ……んんっ」

身近で聞く美雪の喘ぎは、ソファに座っていたときより何倍もいい。

大人の玩具は滑らかに動く。美雪は十分過ぎるほど濡れている。剃毛された肉マンジュウも美雪の肌と同じく色白で、玩具を咥《くわ》え込んでいるために、小さめの花びらが咲き開き、淫猥な景色を作っている。

樺島の妻の躰を身近で眺めてみようと悪戯《いたずら》心で出てきただけで、ひとときのオアソビがすんだので男形を返して戻ろうとすると、樺島は今までより太い玩具を主水に差し出した。

おいおい……と思ったが、樺島も主水が出てきたことを面白がっているのはわかる。シヨーの流れから断るのも不自然なので、主水は、小柄な美雪に、こんな太いものを入れていいのかと思いながらも、精力も猥褻さも、まだまだ旺盛なだけに、遠慮なく樺島の誘いを受けることにした。

玩具は質のいいシリコン製で、感触は男の肉茎にそっくりだ。濡れていないものをいきなり挿入するわけにはいかないので、会陰《えいん》や花びら脇の肉の溝を覆っているぬめりをまぶすため、亀頭部分を擦りつけた。

「んふう……はああっ……」

喘ぐ美雪の腰がくねりくねりと動き、主水の股間のものもムズムズした。

十分に蜜をまぶしたところで、秘口に押し当て、そっと押し込んでいった。

「くっ……はああっ」

ゆっくりと、ねじこむようにして沈めていくときの肉ヒダの感触がいい。奥まで沈んだところで引き出そうとすると、吸いついたように離れない。真空になっているような感じだ。それでも徐々に引き出し、また沈めていった。

何とも言えない出し入れの感触だ。これだから、男はここに肉茎を入れて腰を動かしたくなるのだ。玩具の挿入とはいえ、それを持っている手から、心地よさが伝わってくる。

しばらく遊びたい心境だが、ショーの最中だ。グッと我慢して、何回か出し入れして、スムーズな滑りになったところで離れた。

席に戻ると、勇矢は苦虫を嚙みつぶしたような顔をしている。やはり性的な興奮はないようで、このエロジジイ、ぐらいに思っているのだろう。主水はクッと笑うと、ゾクリとするほど艶やかな表情で責められている美雪に視線を戻した。

ショーの会場から出ると、茉莉奈はトロンとした顔をしていた。

「バイト代だ」

用意していた金を渡した。

「バイト代いらないからホテル……」

茉莉奈はショーを見て、完全に欲情している。勇矢と反対だ。

「これから大事な仕事だ」

「だめ。茉莉奈、帰れない」

「困らせる気か？」

「だって……あの人のあそこに玩具を入れたんだから、茉莉奈にも同じことして」

困ったことになった。

少し後から、勇矢が出てきた。

「あんなもの、見る必要はなかったじゃないですか。僕は宮下氏の顔がわかってるんですから、ここで待機していたらすんだことじゃないですか。一緒に出てくる女が相手でしかないんですから」

仏頂面《ぶっちょうづら》をしている。

「楽しませてやろうと思ったのに、おまえは頭脳プレイは無理だな」

「あんな卑劣なヘンタイ行為で楽しめるはずがないじゃないですか」

「でも、茉莉奈はね……とろとろのヘロヘロリンになっちゃったもん……とろとろ」

妙なことを言った茉莉奈は、瞼《まぶた》のあたりがぽっと染まっている。

「いつからヘンタイになったんだ。妙な奴とつき合うとおかしくなるぞ」

勇矢の口にした妙な奴とは、主水のことだ。

「ほう、最近の茉莉奈は妙な奴とつき合ってるのか」

主水がわざとらしく訊くと、勇矢はフンと鼻を鳴らした。

「仕事の邪魔をするなよ」

茉莉奈にそう言いながら腕を引っ張った主水は、勇矢から二、三メートル離れた。

「どこかのホテルにチェックインして待っていてくれ。遅くなるかもしれない。仕事が終わったら、どのホテルに泊まってるか電話で訊くから、それまで絶対に掛けてくるんじゃないぞ。約束を破ったら、行かないからな」

面倒なので、茉莉奈に耳打ちした。

茉莉奈が頷いた。

「じゃあ、気をつけて帰るんだぞ。我々は今から大事な仕事だからな」

主水は、茉莉奈に背を向けた。

朝乃は宮下氏と何度もデイトし、アブノーマルなプレイもし、今は金をせびり取っているというのに、どこに住んでいるか教えていないらしい。

まずは朝乃の家を突き止めることから始めることにして、今から勇矢とふたりで尾行だ。

宮下氏には、できるだけ後から出てくるように言ってある。朝乃がさっさと出ようとすれば、樺島が呼び止め、ひととき話しかけてくれるはずだ。

「どうして茉莉奈なんかを連れてきたんです。もう店をやってる時間で、ママが困るじゃないですか」

ウィークデーなので、茉莉奈の勤めている店は今夜もやっている。

数メートル先でバイバイと手を振っている茉莉奈を眺め、勇矢が、また文句を言った。

「最近は店が暇なようだし、ママにも許可を取ってある。ママにも、ちゃんとそれなりのものを渡してきた。男ひとりより、連れがいた方が不自然に思われないからな」

「みんなカップルで、僕だけひとりでした。酷いじゃないですか。言ってくれたら、女ぐらい連れてきたのに」

「おまえの知り合いの女でSMショーを見て濡れる女がいるならいいが、いそうにないな。そうだ、野島さんに声を掛けて、おまえの恋人ということにすればよかったか」

「お断りします。茉莉奈はノーマルだったのに、社長がヘンタイを教え込んだとは思いもしませんでした」

自分の女を取られた悔しさか、勇矢が精一杯の皮肉を言った。

「おまえがSMショーも楽しめない堅物《かたぶつ》とは思わなかった。本当は、あの美女の股座に大人の玩具を入れて遊びたかったんだろう?」

「まさか。誘われてもお断りです」

「いい匂いがしたのにな。女のあそこの匂いはエネルギーの元だ。しかも、美雪のあそこの匂いときたら、玩具を出し入れするたびに濃くなって、鼻先にまつわりついてクラクラした。ぬちゃぬちゃする出し入れの音は聞こえたか? あれもいいものだな。いやらしい音にもオスは反応するからな。だけど、おまえは草食系で関係ないか」

主水は勇矢の表情を窺いながら、わざと神経を逆撫《さかな》でする口調で言い、朝乃に見つからないように、目立たない場所に移った。

「社長、元気なのはいいですが、再来年は古希ですからね。腹上死しないように気をつけないと」

今度は、年寄りなのにと言いたいらしい。

「古希まで、まだ二年もあるし、喜寿《きじゅ》、傘寿《さんじゅ》、米寿《べいじゅ》など、まだまだ先だ。心臓にも、二、三本、毛が生えてるしな」

主水は軽く返した。

朝乃と宮下氏がビルから出てきた。

宮下氏は朝乃との食事が無理でも、コーヒーぐらい飲みながら今月の金を渡すはずだ。尾行を開始した。

宮下氏は朝乃と一緒に近くのカフェに入ったが、二十分もすると、ふたり一緒に出てきた。

ホテル行きは拒否されたのか、宮下氏はタクシーを止めたものの先に乗り込み、朝乃に見送られて発車した。朝乃は、先に乗ると後をつけられる危惧があると思っているのかもしれない。

ふたりが店に入ったときから、主水と勇矢は別々のタクシーに乗り込んで待機していた。

朝乃がタクシーを拾って乗り込むのがわかると、そのまま追跡を開始した。勇矢の乗っているタクシーも動き始めた。

月々の五十万円を手にした後で、電車では帰らないだろうと思ったが、当たりだ。

信号が変わったりすると尾行は難しいが、朝乃の乗ったタクシーの運転手は安全運転で、信号も黄色になるとストップだ。せっかちな運転手でなくて助かった。

途中、別の車に割り込まれたこともあったが、朝乃は中目黒《なかめぐろ》の駅近くで降りたので、たいした距離でもなく、主水のタクシーの後ろについていた勇矢も、ほとんど同時に到着した。万が一を考えて二台に分かれて追ったが、こんなことなら一台で十分だった。だが、二台で追っても見失うこともある。

朝乃との距離をとって歩いていると、勇矢が横に並んだ。

「自宅に戻るといいが、これから誰かと落ち合うということもあるし、どこかで呑むかもしれないな」

自宅にまっすぐ帰宅してほしいものだが、この近くに住んでいるとも限らない。

「脅されているからといって、ホテルにも行けないのに、あんな女に月々五十万ずつ払う神経がわかりません」

「兄さんと奥さんが恐いんだから仕方ないだろう。恐怖の元を取り去ってやるのが今回の依頼だ。そういう意気地のない居直れない客がいると、我々の懐も潤うわけだ」

「阿漕な商売ですね」

「人助けをしているのに阿漕か。この仕事から手を引いて取り分ゼロになった方が良心に恥じないなら、それでもいいんだぞ。無理に仕事しろとは言えないからな」

　主水は素っ気なく言った。

「やりますよ。そうです。人助けなんですからね。宮下氏に感謝感激されたら、もっと成功報酬が上がるかもしれませんしね」

　勇矢の皮肉っぽい言い方は面白い。肌に合わないSMショーを見た苛立《いらだ》ちも、まだくすぶっているのかもしれない。

　他の社員は、こんな口の利《き》き方はしない。仕事もできるし、気に入っている社員だけに、主水はわざと勇矢の心を玩んで楽しんでいた。

　朝乃は一戸建ての白い家に消えた。小さい家だが都会で土地つきとなると、かなり価値はあるはずだ。インターホンも押さずに鍵を出して入っていったので、自宅だ。家族がいるかどうかはわからないが、住居と思っていいだろう。

「何とかスムーズにいったな。これから誰か来るかもしれないし、出かけるかもしれない。せいぜい一時頃まで見張っておいてくれないか。私は他の用がある」

「僕がひとりで、ですか？」

「明日は私がやる。ほんの二、三時間じゃないか。暇だろうし、頼んだぞ」

主水は不満そうな勇矢を置いて、さっさとその場を去った。

茉莉奈に電話し、チェックインしているホテルを確かめた。

新宿のシティホテルで、やや広めのいい部屋で、高くかかりそうだ。

「お風呂、入れてあるから」

電話を切ってから、すぐにバスタブに溜《た》めておいたらしい。

先に入ったらしい茉莉奈の顔はほんのりと桜色だ。ホテルの浴衣《ゆかた》ではなく、バスタオルで巨乳と腰を隠している。

「風呂に、もういちど入らなくていいのか？」

コクンと頷いた茉莉奈は、いつもと様子がちがう。

「ベッドに入ってるから……」

まだショーの余韻を引きずって、興奮しているのかもしれない。いつもは陽気だ。

もっともっと……と、せがまれたら大変だと思いつつも、主水は余裕だった。腰使いはほどほどにして、指と口のテクニックで、いくらでも昇天させてやろうと、茉莉奈はベッドに横になっていた。

風呂に浸《つ》かって疲れを癒《いや》し、浴室を出ると、茉莉奈はベッドに横になっていた。

「疲れたのか？　あんなのを見たのは初めてか？」

そう言いながらベッドに入ると、妙なものが左脇腹に当たった。

「うん？」

布団を剝いで見ると、黒い肉茎の形をした大人の玩具だ。

「なんだ、これは……」

想像していなかったものが現れ、さすがの主水も驚いた。

ＳＭショーでは、主水もこれに似たものを握って美雪の股間を責めたが、それとこれとはわけがちがう。

今まで、茉莉奈に大人の玩具を使ったことはない。そんなものを使わなくても満足させてきたつもりだ。

「あそこでしてたみたいにして……これも」

何と茉莉奈は、枕の下に隠していた赤い綿ロープまで出した。麻縄より肌にやさしい緊縛ロープだ。

った。


「こんなもの、どこから持ってきたんだ……?」

　SMショーを見に行くとは言ったが、こんなものを用意しているとは想像もしていなか

「新品みたいだな……自分で買ったのか?」

　昔の男が使っていたのではないかと、ふっと思ったが、使っていたようには見えない。

使ったものだとしても、勇矢ではないのは確かだ。

「チェックインしてから買いに行ったの……」

「わざわざ買いに行ったのか?」

　茉莉奈が頷いた。

　新宿には、大人の玩具屋ならいくらでもある。しかし、どんな顔をして買いに行ったの
かと呆れた。今時は、女同士でも陽気に会話しながら買いに行くとも聞いているが、茉莉
奈がひとりで玩具を買いに行くとは予想外だった。

　いつもの茉莉奈は開放的で朗《ほが》らかなのに、今夜はしおらしい。SMショーを見て、眠っ
ていたM性に目覚めたとでもいうのだろうか。

「あんなに……して」

　茉莉奈の声が掠《かす》れている。

オイオイ、勘弁してくれ……。

主水はロープと黒い玩具を前に、困惑した。

「こんなのを使わなくても，いつも気持ちいいだろう？　若いときから玩具なんか使わない方がいいんだ」

「あの人にしたでしょ？　動けないあの人のオマタに、これを入れたくせに」

今度は拗《す》ねている。

M性に目覚めたのではなく、単純な美雪への嫉妬《しっと》からだろうか。

「あの男は昔からの知り合いで、途中で出てきてくれと言われていただけだ。ショーにも色々あって、今日のは、客も一緒に参加して楽しむものだったから、私は興を添えてやっただけだ」

適当に誤魔化した。

「してくれないなら、茉莉奈、泣いちゃうから」

下唇を噛んだ茉莉奈は、しとやかな女から、一気に子供に変身だ。

「括《くく》られたら泣くことになるかもしれないぞ。動けなくなって、こんなものを使われたら……」

そこまで言って、自由を奪われることでいつもより肌が敏感になり、より感じることに気づき、これからもアブノーマルを求めるかもしれないと、主水は危惧した。

「してくれないと泣くもん」

わざわざロープとシリコン製の男形を買ってきた茉莉奈が、はい、わかりました、と諦めるはずがない。

「途中で嫌だと言っても遅いぞ。いいのか？」

脅したつもりだが、コクッと神妙に頷いた後、茉莉奈は嬉しそうに頬をゆるめた。

緊縛は樺島に習ったものの、はるか遠い昔のことで、いつもやっていないと、うまくできるはずがない。けれど、茉莉奈に縛りの専門知識はないとわかっているので、適当にやればいい。樺島がいたら溜息をつくかもしれないが、これは軽いＳＭゴッコだ。

茉莉奈が後に引かないとわかるので、主水はロープを取った。

コクッと茉莉奈の喉が鳴った。アブノーマルに目覚めるのか、一過性のオアソビで終わるのか、ともかく、困ったことになった。できるものなら、これきりにしてほしい。

若い女を緊縛しても、あまり色っぽくないと、過去にも思った。今日のショーは、三十《み》路《そ》過《じ》ぎた妖艶な女だったからそそられた。主水としては、二十歳そこらの女では、緊縛しても美の凄みが出ない気がして興味がない。

茉莉奈の両手を後ろにして、手首を括った。いざ括られるとなると、茉莉奈も緊張するようで、鼻からこぼれる息が乱れている。

「やめるなら今のうちだぞ」

茉莉奈は荒い息をしているだけだ。

言うだけ無駄だとわかり、両手首を括ると、余っている縄を前に持ってきて乳房の上部にまわし、樺島がしたように、背中の縄に引っ掛けて、今度は逆回しに胸に持っていき、乳房の下に渡して背中に戻って留めた。樺島のようには決まらないが、後手胸縄の真似ごとだ。故意にゆるめに縛った。

美雪はちょうどいい椀《わん》形の乳房だったので、縄で絞り上げた姿は芸術的だったが、茉莉奈は巨乳なので、乳房の下にまわしたロープは重いふくらみに隠れてしまった。

「もう自由に動けないぞ。泣いても解《ほど》いてやらないからな」

こうなったら、ちょっと脅して、二度とこんなことはしたくないと思わせるに限る。

右の乳首を抓んだ。

「あん……」

肩先がくねった。

左の乳首も抓んだ。それから、触れるか触れないほど、そっと、焦らすように玩び始めた。コリコリにしこり立っている色素の薄い乳首を、徹底的に責めた。

「んふ……だめ……あん……そこは……だめ」

両手が使えないだけに肩先をくねらせるしかない茉莉奈は、やはり自由を失っただけ敏感になっているのか、そのうち、主水の手から逃れようとした。

主水は執拗《しつよう》に乳首だけを責めた。

「だめ……そこは、もうだめってば……あん……あはあ」

感じすぎるのも苦痛になってきたようで、ついに茉莉奈はベッドから逃げ出した。

「逃がさないぞ」

すぐに追いかけて捕まえた。

「ヒッ！」

茉莉奈の恐怖の声には笑いたくなった。

「もういい。もう解いて……もうおしまいでいいから」

「だめだ。途中で嫌だと言っても遅いと言ったはずだ」

ニンマリと笑った主水は、茉莉奈をベッドの端にうつぶせに押し倒した。上半身だけベッドに預けた格好にさせ、尻たぼを撫でまわした。なかなか卑猥だ。エロジジイになった気がする。

双臀を撫でまわしたところで、ぱしっと引っぱたいた。上等の肉音だ。

「痛っ！」

「何をされてもいいと思って括られたんだろう？　括られたら、たいてい尻を引っぱたかれるものだ。今日のショーではやらなかったがな」

適当なことを言いながら、今度は力一杯、引っぱたいた。

「痛っ！」
四、五回引っぱたくと、茉莉奈のすすり泣きが聞こえた。
「尻を引っぱたかれるぐらい、ＳＭプレイでは序の口だと知らなかったのか？　腫《は》れ上がるまで引っぱたくからな」

「いや。もうしない。解いて。ね、解いて」

Ｍ女はスパンキングでも濡れるものだが、茉莉奈には、その気《け》がないらしい。本気で嫌がっている。これなら次のＳＭゴッコはないだろうと、主水はほっとした。

「もうやめるのか？」

茉莉奈が洟《はな》をすすりながら、コクッと頷いた。

「じゃあ、あと一発でおしまいにしてやろう」

「いやっ！　お尻がヒリヒリしてるんだから。モン様のこと、嫌いになるから！」

茉莉奈は叩かれまいと必死だ。

尻を叩かれるのがそんなにいやなら、M女の素質なしだ。

「自分からしてと言っておきながら、そんなことを言うのか？　茉莉奈はそんなに我が儘《わまま》だったのか」

内心、やれやれと胸を撫で下ろしながらも、主水は故意に渋面をつくって縄を解いた。

「モン様嫌い。お尻なんか叩いて……でも、これしてくれたら、嫌いになるの、やめてあげる」

茉莉奈は上目遣いに主水を見つめ、ベッドに転がっていたシリコン製の黒い肉茎を差し出した。

四章　接近

主水がシャワーを使って戻ってきても、茉莉奈は規則正しい寝息を立てていた。何度も天国をさまよい、熟睡しているようだ。

せがまれて使うしかなかった肉茎の形をしたシリコン製のバイブが、枕元に転がっている。乾いた蜜がこびりついているのが生々しい。

仕事がらみでSMサロンに愛人の茉莉奈を連れて行ったが、ホテルにチェックインした後、緊縛用のロープと肉茎の形をしたシリコン製の大人の玩具を買いにいったとわかり、唖然《あぜん》とした。

スパンキングは茉莉奈にとって快感にはならないと知ってヤレヤレと思ったが、淫具だけは諦めきれないようで、いくら主水が、本物の方がいいぞ、と言っても、聞く耳を持たなかった。

茉莉奈の好奇心が強すぎて、説得工作は失敗した。主水が使わなくても、こっそりと自分で使うのはわかりきっている。

ＳＭショーに同伴する相手に茉莉奈を選んだのは主水だ。そのこともあり、やむなく使うことにしたが、あまり快感を与えないような使い方をしようと思った。だが、玩具の動きをゆっくりしたり止めたりすると、茉莉奈から腰を近づけたりくねらせたりして、もっと速くとか、もっと奥までとか、催促されてしまった。

ムスコの出番なしでも満足したらしく、茉莉奈はそのまま眠ってしまった。

淫具を洗面所に持っていった主水は、洗う前に匂いを嗅いだ。いやらしいメスの匂いがこびりついている。

股間をヒクリとさせた主水は、眠っている茉莉奈に、そっと本物の肉茎を挿入してみようかと思ったが、心地よい法悦の後の眠りを邪魔するのも大人げないかと、我慢することにした。

まだ濡れた蜜がついている淫具なら舐めるところだが、乾いてしまっていると、匂いは嗅いでも、舐める気にならない。

もういちど、淫具が鼻にくっつくほど近づけ、深く息を吸い、肺一杯に淫猥な茉莉奈の匂いを満たして、蜜を洗い流した。

茉莉奈の寝息を聞きながら身繕《みづくろ》いした主水は、すでにＳＭショー同伴の礼金は渡しているが、新たにホテル代を置いた。それから、これ以上使わせたくない淫具を途中で処分することにして、ティッシュに包み、小さなブリーフケースに押し込んで部屋を出た。

加勢屋には出社時間はないのも同じだが、主水が九時少し前に会社に着くと、勇矢はすでにコーヒーを飲んでいた。

「おう、昨日は、すんなり戻ってきたようだな」

一時までは朝乃の家を見張るように言ったが、その前に離れたのかもしれない。

「社長とはいえ、いい身分ですね。僕はほとんど徹夜ですよ」

「ほう、徹夜の顔には見えないな。若いと元気でいいな」

「それだけですか？　あの家を張ってろと言うから、僕はちゃんと張ってたんですよ。社長はさっさと帰ってしまったんですからね」

いい歳をした男がいじけるのも可愛いものだ。勇矢だから、そう思えるのだろうか。

「張ってろと言われたら張るのが仕事だろう。で、動いたか」

「動きました」

珍しく主水の勘が狂った。

「あれから、奴《やっこ》さん、出ていったのか」

「一時間もしないで、服を替えて出てきました」

「追えたか」

「もちろん」

どうだと言わんばかりだ。

「でかした。やっぱり、おまえに頼んでよかった。おまえはこの仕事に向いてるな」

勇矢が夜中に仕事をしているとき、茉莉奈と遊んでいただけに後ろめたさがあり、主水はいつになく大仰に褒めた。

「で、奴さん、男に会いに行ったんだな？　どんな感じの男だ」

「宮下氏と似たり寄ったりという感じですね。歳は三十後半から四十と見ました。きっと同じように、後で金を脅し取られるんでしょうね」

家を出た朝乃はタクシーで新宿に向かい、男と落ち合うと、歌舞伎町に近いビルのSMサロンに入ったという。

その手のサロンは、夜遅い時間から始めるところが多い。朝乃は以前からその日にサロンに行くことを決めていたものの、急に宮下氏に誘われ、同伴してくれなければ金は払わないと言われ、やむなくジュピターに出かけたのだろう。

金を受け取った後、いったん帰宅してそれを置き、次の逢瀬となったのかもしれない。

「サロンから一時間もしないで出てきて、それからラブホですよ。気弱な男なら、妻子のいる家に帰らないわけにはいかないと思いましたし、一時間から一時間半で出てくると思ったら、五十分ですよ。せいぜい裸を見せてもらったぐらいで、本番なしだったのかもしれませんね。裸も見られず、お茶を飲んで終わりだったかもしれません」

「一時間もいないんじゃ、そうだな」

「ここまで来たのに、今日は決心がつかないわ……ごめんなさい……この次はきっと……ね、私を嫌いにならないで」

急に勇矢が女の声色を使って変なことを言い出したので、主水はゾッとした。

「おい、どうした」

「とか何とか言って焦らして、次に期待させるんですよ。少しずつ蟻地獄に誘い込むんです」

わざわざ変な口調で言うなと言いたかった。

「男のことはわかったか」

「無理です。先にタクシーに乗って帰ったのが男で、見送った後に、朝乃は別のタクシーを止めて乗り込みました。三台目がすぐに来なかったんです。それこそ、車で張り込んでいないと無理ですよ。それに、宮下氏を助ければいいわけですし。朝乃が次の男をカモにしているとわかっただけでもいいでしょう？　昼まで……いや、昼過ぎまで睡眠を取らせてもらっていいですよね？　奥の部屋、借りますよ」

勇矢はあくびをしながら椅子から立ち上がった。

宮下氏から月々五十万円をゆすり取っている朝乃は、自宅の表札から、苗字《みようじ》は清水《しみず》とわかった。

宮下氏は朝乃と結婚を考えていたわけでもなく、苗字を知らずにつき合っていたとしても不自然とは思わないが、朝乃というのも本名ではなく、正しくは朝子《あさこ》だ。

朝乃の自宅のことは法務局の目黒《めぐろ》出張所で登記簿を調べ、本人名義の不動産とわかった。

主水は数日、朝乃を尾行し、水曜と日曜は渋谷《しぶや》のカルチャースクールに通っているのを突き止めた。

中目黒から近い渋谷で稽古事《けいこごと》でもしているのだろうと思ったが、建物から出てきた朝乃に、

「先生、まっすぐお帰りですか」

と、声を掛けた二十代半ばの若い女がいて、意外だった。

「ちょっと友達に会うことにしてるの。あなた、随分、上達したわね」

「まだ酷い字ですけど、三カ月前よりましになったのがわかって嬉しいです。これからもよろしくお願いします」

「続けていれば、どんどん上手くなるわ」

朝乃はそう言って、歩いていった。

ジュピターのＳＭショーで着ていた高級なスーツに比べると、黒っぽくて地味なスーツだ。

「ちょっと、きみ」

主水は黒いスラックスとジャケットの若い女に声を掛けた。

女が怪訝な顔をした。

「突然、申し訳ない。女房がここに通おうかと言っていたことがあって、どんな感じか聞いてみたいと思って。ちょうどきみがここから出てきて、先生らしい人と話をしていたから、ここの生徒さんかなと」

怪しまれないように穏やかな笑みを向けた。

「パンフレットと中身がちがうこともあるだろうし。いや、そんなことより、本当は、口うるさい女房が休みの日にここに通ってくれたら、ゆっくりと家にいられそうだと思ってるんだ。今夜にでも焚《た》きつけてみようかと作戦を練《ね》ってるんだ」

主水は唇をゆるめた。

「色々な教室がありますから。私はペン字なんですけど、奥様は何を習いたいと思ってらっしゃるんですか？」

「さっきのはペン字の先生だったのか」

「ええ」

「女房は昔やってた書道をもう一度やりたいと言っていたけど、ペン字もいいな。私が習いたいくらいだ。自慢じゃないけど、相当の悪筆でね。まあ、今さら遅いだろうが」

主水は女に不審を抱かれないように努《つと》めた。

「大丈夫ですよ。私、酷いくせ字だったのに、少しずつ直ってきてるんですよ。どうしても気になってたんです。字が綺麗になると、心が軽くなりますね。自信も出てくるというか」

女は警戒を解いている。

「心が軽くなるか。それに、自信。なるほどね。わかる、わかる。私も字が上手かったら、人生が変わったかもしれない」

主水は頷いた。

「あの先生、まだ若いようで、なかなか美人だった。ひょっとして男性の生徒さんの方が多いとか」

女が、ふふっと笑った。

「今のところ、女性ばかりですよ」

「そうか……じゃあ、男が入ったら目立ちすぎだな。生徒は何人ぐらいだろう」

「二十人ほどです」

「女房には習字もいいが、ペン字もいいかもしれないと言っておこう。毎日じゃないだろう？」

「ペン字は水曜と日曜の午後一時から一時間半で、どちらかを選ぶ週一コースになっています。先生は凄い達筆ですよ」

「天は二物を与えるんだな。あんな奥さんを持った旦那さんは鼻が高いだろうな」

「離婚されてるみたいですよ。直接先生に聞いたんじゃなく、前からいる生徒さんに聞いたことですけど」

離婚で中目黒の家を手に入れたのかもしれない。

「あんな女性を手放すなんてもったいないな。まあ、才色兼備の女性は、よほどの男でないと操縦できないかもしれないな。まだ若いようだから、またいい人を見つけて、そのうち再婚するかもしれないな。引き留めて悪かった。いろいろありがとう。うちの女房はパンフレットをなくしたかもしれない。もう一度、もらっていこう」

ちょっと呼び止めた相手にしては、思った以上のことを聞き出せた。

「ぜひ、奥様とご一緒にどうぞ」

すっかり女は主水に気を許している。

「女房のいないゆったりした休日を過ごしたいんだ。やっぱり私は遠慮しておこう」

主水の言葉に、女がクスリと笑った。

パンフレットは建物一階に置かれていた。

洋食、和食などの料理から、ワイン、チーズの講座、長唄にカラオケに尺八、三味線、洋裁、和裁にアクセサリー作り、仏教講座に新約聖書講座、源氏物語や大鏡などの古典文学講座に、語学、工芸……。

何と三百講座もあるとわかり、驚いた。

名刺作りや草履《ぞうり》作りの講座まであり、面白そうなものがたくさん揃っているが、中には、こんな講座に人が集まるのかと、首を傾《かし》げたくなるようなものもあった。

朝乃は本名の清水朝子で、ペン字の講師として名前が載っている。ここで偽名は通じないだろうし、書家に雅号《がごう》はあっても、ペン字講師に雅号はないのかもしれない。

週に一度の三カ月コース十二回で、二万五千円と書いてある。一回一時間半で、約二千円の計算だ。ということは、二十人の生徒がいれば、一回で四万円。水曜のコースにも二十人の生徒がいるなら、週に八万円ということになる。

月四回で三十二万円となり、週にわずか三時間しか束縛されない仕事としては、かなり高収入だ。他でも教室を持って教えれば、男を騙さなくても、そこそこの暮らしができるだろうに、人間、安易《あんい》に金を手に入れる方法を知ってしまえば、浅はかな者は楽な方を選ぶということだろうか。

朝乃がカルチャースクールの講師をしているのは、裏の顔を隠すためかもしれない。講師らしい地味なスーツを着ていた朝乃が、もうひとつの顔を持っているなど、生徒は想像もできないだろう。


ジュピターでのSMショーから、ほぼ一週間経っている。

朝乃を自宅から尾行していた主水は、ウィンドーショッピングを続ける朝乃に、そろそろ声を掛ける頃合いだろうと思った。

アンティークの店から、朝乃が出てきた。十五分ほど入っていた。シックなワンピースが似合っている。

数メートル手前で待機していた主水は、偶然を装って出くわすように歩き出した。

朝乃は主水を覚えているだろうか。ジュピターで同じショーを見た客とはいえ、会話は交わしていない。自分を印象づけておくために、あの日、主水は故意にプレイに参加した。

朝乃に近づいたが、主水の姿が視野に入っているのかいないのか、ともかく、通行人のひとりとして見過ごしているようだ。

「あっ！　あの、先日……」

もう少しで擦れちがうというとき、主水は声を上げ、思い切り驚いた表情を装って立ち止まった。

朝乃も仰天している。秘密のサロンにいた男だったからではなく、単に主水の大きな声に驚いているだけだろう。

「失礼しました。ジュピター」

今度は、主水は落ち着いた口調で言い、意味ありげな笑みを浮かべた。

朝乃が小首を傾げた。

ジュピターは朝乃が初めて入ったＳＭサロンで、宮下氏に連れて行かれたこともあり、すぐに思い出せないというより、サロンの名前など、最初から覚えていないのかもしれない。

「最上階の素敵なサロンですよ。まるで床から生えていたような大きな木がありました。作務衣の男に美しい女性」

主水はパズルを小出しにするように口にした。

朝乃の喉がコクッとなった。

どこのことか、やっとわかったようだ。

「私のことは覚えていらっしゃらないでしょうね。こんな所でお会いできるとは、まだ信じられない気持ちです。いきなりこんなことをお願いするのは失礼とわかっていますが、ほんの少し、お茶でもつき合っていただけませんか。あの部屋で、私はあなたの美しさの虜《とりこ》になっていたんです。でも、素敵なお連れがいらしたし、ご主人かもしれないと思うと、声も掛けられませんでした」

何とか誘わなければ、今後の計画が成り立たない。失敗したら勇矢に頼むしかないが、SMに興味がないどころか、嫌悪《けんお》しているようで、朝乃を誘う役は難しい。

「本当におきれいだ。あのとき、私にも連れがいましたが、ああいうショーを見たことがないから見てみたいと言われて連れていっただけの、行きつけの飲み屋の女性なんです。ああいうところで、あなたと同伴できたらどんなにいいかと思いながら、チラチラとあなたを眺めていました。夫婦でご興味がおありならいいですね。うちは秘密です。女房に知られたら大変なことになります。頼み込まれて社長の一人娘と結婚したものの、真面目《まじめ》なお嬢様で、ＳＭの意味も知らないと思います……あ、よけいなことまで……あなたと偶然会えるなど思ってもいなかっただけに、いい歳をして興奮しているみたいです」

ＳＭとは程遠い妻。そして、その妻は社長の一人娘で、主水は婿養子。アブノーマルの趣味が妻に知られれば大変なことになる……。

朝乃が仕掛けた針に食いつくように、美味しい餌《えさ》をつけて話した。

「いらっしゃったのを少し記憶しているような……でも、はっきりじゃなくてごめんなさい……」

朝乃が餌をつつき、竿がわずかに反応した気がした。

「前に出て、あの拘束された彼女に、玩具でちょっと悪戯しました。押し込むとき、いい感触でしたよ」

「ああ……あのときの」

黒いバイブを、動けない美雪の蜜壺に押し込んで動かした破廉恥行為を、何とか思い出してもらえたようだ。

あのとき、猥褻な行為をしたくて出ていったのではなく、主水という男がいたことを、朝乃の脳裏に焼きつけておかなくてはならなかった。計画はうまくいったようだ。

「覚えていらっしゃったようですね。お時間がおありなら、コーヒーぐらいご馳走させていただけませんか。これから、あのときのご主人とデイトですか」

「主人はおりません。とうに亡くなりまして」

さっそく独《ひと》り身だと言った。しかも、離婚ではなく、死別などと言っている。すでに主水を美味しい獲物と思っているのかもしれない。この分なら、上手くいきそうだ。

「未亡人とは……でも、すでに素敵なパートナーがいらっしゃるようで」

「いえ……一緒に行ってほしいと頼まれただけなんです」

「立ち話も何です。コーヒー、つき合っていただけますか?」

「ええ、ちょうど何か戴きたいと思っていたところでした」

「一緒にコーヒーが飲めるなんて光栄です」

主水はそう言いながら、さりげなく朝乃が出てきた店の方に向かった。

「あっ、アンティークの店か。何かいいものでもあればプレゼントしたいんですが、ここに入ってみませんか?」

「あら、今、覗いたところです」

「何だ、そうでしたか。めぼしいものはありませんでしたか」

「目の保養のつもりで入っただけですから」

「じゃあ、私も目の保養をしてみたいんですが、また入るのは嫌ですか？　コーヒー前に、ほんの十分でも」

「わかりました」

朝乃は餌に食いついている。だが、途中で逃げられないように、もっと深く食いついてもらわなくてはならない。

店に入ると店員というより、オーナー風のロングスカートの中年女性が、あら……という顔を朝乃に向けた。

「外で偶然、知り合いに会ったの。ここを覗きたいと言われて、ご一緒したの。もう一度見せていただくわ」

朝乃は愛想よく言った。

「どうぞ。何度でもご覧下さい」

中年女性が品のある笑みを浮かべた。

こぎれいな店だ。アンティークだけでなく、新品の小物なども並んでいる。

マホガニーの象嵌《ぞうがん》キャビネットに、古い香水瓶や洒落た置き時計が並んでいる。アールヌーボーの飾り棚には、カメオのブローチも並んでいた。

「このブローチの女性、あなたに似てますね」

主水は値段を見て、これくらいでいいだろうと、十万円ほどのブローチを手に取った。

「まあ、そんなにきれいじゃないわ」

自尊心をくすぐられた朝乃は嬉しそうだ。

「いえ、この横顔、そっくりです。まるであなたをモデルにしたような。この淡いピンク色は、まるで人肌の色。血が流れているような気がします」

オーナーらしき女が近づいてきた。

「綺麗なカメオでしょう？　コンク貝です。コンク真珠の母貝が使われているんです。ピンク貝と言った方がわかりやすいでしょうか」

「十九世紀ぐらいのものかな」

「まあ、お詳しいようですね。イギリスのもので、なかなか綺麗な女性でしょう？」

「この人に似ていると言っていたところだ」

「そうですね。お綺麗な方ですもの」

「まあ、ふたりとも、オクチがお上手」

そう言いながらも、朝乃はやけに心地よさそうだ。

「ずいぶんお安くしています。バブルの頃は倍以上の値段だったんですよ。他の店なら、もっとお高いと思います」

「そうだろうな」

「正直申しまして、虫眼鏡《むしめがね》で見ないとわからないほど小さな傷が一カ所ついているんです。それがなかったら、うんと高いです。ちょっと見た目ではわかりません。それを気にされないようでしたら、お値打ち品です。こんな値段では買えないものです」

「ああ、品物に対して安すぎると思ったが、そんなわけがあったのか。言われても、どこに傷があるかわからない。どうです？　これを気に入っていただけるならプレゼントします。今日のワンピースにちょうどいいんじゃないでしょうか」

主水は店の女から朝乃に目を向けた。

「えっ？」

そんなことになるとは予想していなかったようで、朝乃が驚いている。

「マダム、どう思いますか？　ぴったりですよね？」

主水は店の女に顔を向けた。

「ええ。とても素敵です。本当にぴったりです」

「これじゃあ、お気に召しませんか？」

「いえ……でも、悪いわ……こんな立派なもの」

「ダイヤなんかよりうんと安い」

主水はさらりと言って笑った。

「じゃあ、マダム、これを戴こう。すぐにつけていくから、タグだけ取ってもらえないか」

主水は財布を出した。

「綺麗なご婦人にすぐにプレゼントなんて、粋《いき》な方ですね。ほんの気持ちだけ、五千円、お安くしておきます」

「おう、ありがとう。それで上手いコーヒーを飲むことにしよう。もちろん、この美人さんと。あなたはここのオーナーですか？」

主水は一万円札を十枚、店の女に差し出しながら訊いた。

「ええ、これからもご贔屓《ひいき》に。あの震災以後、すっかり、お客様が少なくなってしまいました。こんなお買い物をしていただけると嬉しいですわ」

女はふくよかな頬をゆるめた。

アンティーク店のオーナーに教えてもらった近くの喫茶店は、ロココ調で高級感溢れ、落ち着いている。オーナーの好みの店だろう。テーブルも椅子も、採算が取れるのかと思えるほどの、かなり高価なものを使っている。

「名前も知らない女性に、いきなりプレゼントしたのは初めてですよ」

腰を下ろした主水は、ゆったりと笑った。

「そうですね……うっかりしていました。朝乃と申します。こんな立派なものを戴いてしまって……」

「よくお似合いですよ。似合わない人に買われたら、そのブローチが可哀想《かわいそう》です。落ち着くところに落ち着いた幸せなブローチです。かつてはヨーロッパのどんなご婦人のものだったんでしょうね。そんなことを想像すると楽しくなります。私の名前は、そうですね……川瀬《かわせ》にしておきましょう」

朝乃が小首を傾げた。

「秘密のサロンに出入りしている身では、なかなか実名は出しにくいですからね。朝乃さんは本名ですか」

「ええ。私もまだ苗字は秘密にしておきます」

朝乃が笑った。

文句なしの美人だ。しかし、ジュピターで感じたように、主水の好みではない。この手の女に引っかかると大変だ。

宮下氏から聞いていたからではなく、いかにもタヌキの見本のようだ。美人にも透き通った美人と濁《にご》った美人がいて、朝乃は濁っている。それをおくびにも出さず、主水は褒めちぎった。

「一緒にいらしてた男性を眺めて、羨《うらや》ましいと思っていましたよ。彼はプレイは一流ですか？」

「えっ？」

「一緒に行ってほしいと頼まれただけとおっしゃいましたが、信じられません。あなたには、きっと縄が似合いますよ。縛りたくてたまらなくなりますから。彼もそのはずです」

主水は後の言葉は声を潜め、囁くように言った。

「いえ、本当にカップルでないと入れないから、一緒に行ってほしいと」

朝乃は宮下氏のことを、自分とはさほど関係のない男だと強調したいらしい。

「でも、あなたはショーは初めてではないと思いました。落ち着いてらっしゃいましたからね。彼はあなたとなら同伴しても大丈夫と思って誘われたんじゃないんですか？　おっと、これは失礼。秘密のサロンに通う人に、あれこれ尋ねるのは野暮ですね。ともかく、今日の偶然には感謝しています。あのとき、互いに連れがいましたから、一期一会《いちごいちえ》かもしれないと思っていました」

運ばれてきたコーヒーカップは、紅色に金の縁《ふち》取りで、その紅い器には、金色の草花が描かれている。憎いほど店の雰囲気に溶け合っている高価な品だ。

「またお会いできるといいですね。プレゼントしたからといって、それを餌に誘うような男ではありませんから、ご心配なく。唐突だったのにプレゼントを受けて下さって、礼を言いたいくらいです。またどこかのサロンでお会いすることがあるかもしれません。それを楽しみにしています。ご縁があるなら、またどこかでお会いできるでしょうし」

また会ってくれとは故意に口にせず、コーヒーを口に運んだ。

「いい店ですね。アンティーク店のマダムには、いい店を紹介してもらいました。明後日、今ぐらいの時間に、またこの近くに用があるので、ここに寄ろうと決めました。こんなにくつろげる店はなかなかありません」

この店はマダムに教えられて偶然知ったが、高級感溢れ、朝乃との逢瀬には最適だ。客層もいい。安いコーヒーでも、一杯千円以上するのでは、普通は気安く寄れないだろう。二千円のコーヒーも革張りのメニューに載っている。

「コーヒーの淹れ方も一流ですね。でないと、この値段は取れませんね。もう一杯いかがです？　アンティーク店のマダムが値引きしてくれた代金を持ち帰るわけにはいきません。使ってしまいましょう」

主水と朝乃は、もう一杯、コーヒーを注文した。

「あの……お電話だけでも教えていただけません?」

二杯目のコーヒーが残り少なくなったとき、朝乃が切り出した。

主水は内心、ほくそ笑んだ。

「ご縁があれば、また偶然にお会いできるでしょう。そのときにしましょう。カメオのブローチは、ほんの私の気持ちですから、お気になさらないで下さい」

主水はやんわりと電話番号を教えるのを断った。

朝乃は主水に対して、いい金蔓《かねづる》になると判断しただろう。連絡先を訊きたくてたまらないのもわかる。だが、そう簡単には教えない。焦らすのも策略のひとつだ。

さっき、明後日のこの時間に、またここに来ると話した。朝乃は必ず、その頃、ここに顔を出すだろう。

「私の妻は本当に堅物で、適当に合わせて上手くやっていますが、息が詰まりそうに感じることがあります。SMの話などしたら、どんなことになるやらです。でも、あなたは少なくともSMに理解がおありだとわかります。直接、その話をしなくても、それに興味がおありの女性とわかっているだけで解放された気がして、心がなごみます」

「奥様には、あんなことは……されないんですね」

「そんなことをしたら、即、離婚ですよ。私は妻ではなく、舅《しゅうと》に気に入られて、娘と結婚してくれと懇願《こんがん》されたようなもので、その舅が亡くなった今、妻の兄弟が私の後釜《あとがま》を狙っています。でも、私は社長の座を守りたいんです。従業員達を守るためです。舅が息子達に社長の座を譲らなかったのは、経営者としては欠点があると、それなりの危惧を持っていたからで……おっと……どうしてこんなことまで……あなたの雰囲気が、ついついこんなことまでしゃべらせてしまうんですよ。まずいな」

主水は完璧な芝居をしていた。

これで、主水とのプレイの映像を手に入れれば、宮下氏のように脅しが効く相手と確信するだろう。

「私は学生のときに、アブノーマルに気づいたんです。好きな女もいて、ベッドではアブノーマルなことをしていました。でも、ふたりでのめり込んでいくとどうなるだろうと恐くなって、別れてしまったんです。妻はノーマルな女だろうと、会ってすぐにわかりました。雰囲気でわかるんです。でも、心から信頼していた社長でしたし、その娘だと思うと、それでもいいかと思ってしまったんです」

主水は溜息をついてみせた。

「好きなことを妻にできない辛さは、結婚して初めてわかりました。だから、アブノーマルな相手とときどきプレイしていますが、正直なところ、あなたをお見かけしてから、他の女性とプレイする気が失せてしまっていました。こうして再会できたのは不思議です。だから、次にもし偶然があったら、そのときは偶然ではなくて必然と思って、お誘いするかもしれませんよ」

主水はそこで、わざと腕時計に視線をやった。

「おっと、いけない。もう五時か。まだ用があるんです。仕事の途中であなたにお会いしてしまい、ついつい油を売ってしまいました。ここはいい店です。時間がおありなら、もう少しゆっくりしていかれるといい。代金は払っていただけますか」

主水は五千円札ではなく一万円札を朝乃のコーヒーカップの横に滑らせて立ち上がった。

「あら、私も」

「いいえ、ごゆっくり。ともかく、私は急がないといけない時間になってしまいましたから、支払い、よろしくお願いします。楽しかった。そのブローチ、本当にお似合いです」

主水はさっと立ち上がり、軽く右手を上げて背を向けた。

店を出ると、後をつけられないように背後を確認し、急いでタクシーに乗った。

「荻窪まで」

会社に戻ろうと、運転手に行き先を告げてさほど経たないうちに、電話が入った。

「モンさん、わ・た・し」

私にもいろいろいるので、どの私か、すぐにはわからないこともあるが、この鼻に掛かった独特の声は、銀座のクラブ「春ごよみ」のママ、かすみだ。

「おう、元気か」

「元気じゃないわよ。不景気でお店が潰れそうだったのに、あの大地震から、お客様、ぱったり来なくなったのよ。ますます傾いて、ほんとに潰れちゃいそう。来てよ。私のお店を潰すつもりじゃないでしょうね」

主水だけ毎日通っても、店が成り立つわけがない。だが、ひとりひとりが集まって賑《にぎ》やかな店になるのだから、責任の何分の一とまでは思わないが、何十分の一かはあるような気がしてくる。

「ね、お腹空《す》いちゃった。これからお食事しない？　それからお店に同伴ってどう？」

「ママが同伴しても、お手当はつかないだろう？」

「じゃあ、モンさんがお手当をつけて」

うふんというような、喘ぎにも似た声が聞こえてきた。

「どこにいるんだ」

「まだ新宿。中村屋《なかむらや》の地下で待ってましょうか」

「会社に戻るところなんだ」

「じゃあ、戻らないまま来て。ね、お腹空いて死んじゃいそうなの」

「何か食べたらいいだろう？　私はまだそう空いてないんだ」

「いや。ひとりじゃつまんない。モンさんと一緒じゃないといや。私、空腹で行き倒れになるかも。ステーキ食べたい。一時間で来てくれないと、死んじゃうから。そのときは遺体を引き取ってね。まだ暖かかったら、オイジリしてもいいから」

そこまで言うかと、主水はかすみの強引さに呆れたが、憎めない奴だと、行き先を新宿に変えた。


かすみとの間では、新宿の中村屋といえば、一階の喫茶店ではなく、地下一階の方だ。

店に着くと、テーブルには、すでに半分ほどになったミックスサンドとシーフードサラダの皿があった。

「死にそうだったから食べてたの。モンさん、半年ぶりよ。わかってるの？　お腹いっぱいなら、これ、食べなくていいの？　私が全部食べていい？」

半年前より肉のついたかすみは、空腹で死ぬどころか、しばらく食べなくても生き長らえそうだ。

和服なのに、よくこれだけ食べられるものだと感心する。

五十近いが童顔で、夜会巻《やかいま》きに着物でも、せいぜい四十路《よそじ》だ。店でドレスのことは滅多にないが、髪を肩まで下ろして洋服だと、三十代に見える。色っぽいというより可愛いタイプだ。

顔だけでなく、性格も子供っぽいところがあり、よくこれで銀座のママをやっていられるものだと感心することがある。そんな心許《こころもと》なさが、男心をくすぐるのかもしれない。

「食欲旺盛でいいな。私はトマトジュースでも飲もう」

美味いコーヒーを二杯飲んできたばかりで、いつになくトマトジュースが飲みたくなった。

さほど空腹でもないのにステーキにつき合うのは大変だと思っていたが、ここで簡単にすませてくれるなら助かる。

「ね、デザートも頼んでるの。モンさんは？」

かすみがサンドイッチも食べ終えた頃、そのデザートらしきものが運ばれてきた。クリーム、果物、寒天などが載っている。褒めてやりたいくらいの食欲だ。

「何だ、食後のデザートはあんみつか」

「あんみつもあるけど、これは、黒糖アイスと四種のジュレサンデーっていうの。食べたい？」

「いや、遠慮しておこう」

「美味しいのに」

あれだけ食べたのに、まだ食べるかと言いたいほどだが、あっというまにガラスの器は空になった。

「まだ早いな」

「でしょ？　お腹いっぱいで苦しいから、ホテルのお部屋で少し、お休みしたいの」

「うん？」

「だからァ、久しぶりだし」

いっそう鼻に掛かった声で思わせ振りに言ったかすみが、最後にクフンと笑った。

「これから仕事だろう？」

「ママは遅くてもいいの。それにね、ほんとに、あの地震から、お客さん、ばったりなんだから。チーママに任せておけばいいわ」

「だけど、着物も綺麗に着つけてるし」

「ふふ、じゃあ、孔雀《くじゃく》にする？」

孔雀とは帯を解かず、着物も脱がないまま、裾を捲って合体する体位だ。

かすみは完全にその気になっている。空腹だからと言っていたが、胃袋の欲求より、女壺への欲求が強くて電話してきたのかもしれない。

「孔雀より、もっとしたいことがある」

主水は声を潜めた。

「なァに？」

主水はテーブル越しに、かすみにグイと顔を近づけた。

「SMプレイをしたい」

「えっ？　何？　もう一度言って」

「SMプレイだ」

「もしかして、エスエムと言ったの？」

「そうだ」

「モンさん、いつからヘンタイになったの……？」

かすみが、あんぐりと口を開けた。

「ママを見ていたら、たった今してみたくなった。括りたくなった。どうだ、ホテルに行くか？」

主水は試すように言った。朝乃とホテルに行くことになったとき、あまりに縛りが下手だと不自然に思われる。ふっと、かすみで練習しておこうかという気になった。

茉莉奈を括るには抵抗があるが、かすみなら肉づきもよく、練習用によさそうだ。

「モンさん、私を試してるのね。いいわよ。括ろうが鞭で引っぱたこうが、蠟燭を垂らそうが。でもね、オカンチョ～はだめよ。最近、痔《じ》になっちゃって」

どこまで本気で言っているのかわからないが、拒絶されたわけではないので、緊縛をやってみようという気になった。

「道具を買ってくるから、先にホテルで待っててくれ」

「そんなこと言って、逃げる気ね。ずっとくっついてるから」

「ふたりで大人の玩具屋にいるのを、万が一、ママの店の客に見られたりしたら困るだろう？　こんな時間にホテルに一緒に入るわけにもいかないだろうし」

かすみは、遅くとも九時には店に入らなければならないだろう。すでに六時半だ。それに気づいた主水は、あまりに時間が短すぎて、緊縛の練習などできるはずがないと判断した。

「やっぱりやめておくか」

「いや。どうせお客さん、来ないわ。あの地震の後、銀座は閑古鳥《かんこどり》が鳴いてるのよ。ずいぶんとお客様に電話したけど、また電車が止まって帰宅難民になったら困るとか、被災地を思うと呑む気分にならないとか。そりゃあ、お客様の気持ちもわかるわ。だけど、私達はどうなるの？　食べていかないといけないし、ホステスの給料も払わないといけないし、家賃は高いし」

「そうだ、そうだ、もっともだ。だから、今夜はママの店に行くんじゃないか。ホテルは次にしよう」

「じゃあ、まずお店。三十分したら、具合が悪くなるから、モンさんが私を送っていくってことにして、店を出ましょ」

「えっ？」

「閑古鳥が鳴いてるから、バイトの子は断ってるの。ホステスも交代で出てきてもらってるくらい。あとはチーママとバーテンさんがいればいいの。あれからお客様、ひとりも来ない日が多いのよ。モンさんに会えたから、パアッとＳＭでも何でもして、景気づけしましょ。じゃあ、まずは銀座に出発！」

かすみが席を立った。

春ごよみに一時間近くいたが、客は来なかった。早すぎる時間ということもあるが、かつてないほど銀座の人通りは少なく、閑古鳥が鳴いていると言ったかすみの言葉がよくわかった。

胸痛で息苦しいと言い出したかすみは、主水に、行きつけの先生のところに連れて行ってと苦悶《くもん》する演技を見せ、後はチーママとホステスに任せて店を出てしまった。

「ね、銀座、酷いでしょ？　こんなことは初めてよ。今が踏ん張りどき」

心配してついてきたホステスがいる間は胸を押さえて顔を歪めていたかすみが、タクシーが走り出すなり、舌を出した。

踏ん張りどきに店を放ってホテルに行っていいのかと言いたかったが、緊縛練習用の女体を失いたくないので、主水は大人の玩具屋には困らない新宿へと、また戻ることにした。

かすみを先にホテルにチェックインさせ、主水は大人の玩具屋でロープを買い、後から部屋に行くつもりだったが、かすみは逃げるつもりでしょうと、今夜は、まるで主水を信用していない。

しかし、信用していないからついてまわるのではなく、大人の玩具屋に入りたかったのだと、すぐにわかった。

店に入ったかすみは目を輝かせ、好奇心旺盛な客達がジロジロ見ているにも拘わらず、

眺めるだけではなく、ときには手にとって、

「ね、これなァに?」

主水のところに持ってくる。

「書いてあるとおりだろう。乳首がジンジンするんじゃないか?」

五百円玉ほどの黒いものがふたつ入っていて、「ジンジン乳首」と書いてある。昔は乳首用のバイブレーターなどなかった気がするが、今時は何でも揃っている。

コスプレ衣装もいっぱいだ。セーラー服から体操着、ナースの衣装に、婦人警官、紅い長襦袢に巫女《みこ》の衣装……。

こんなものを着せてベッドインしたら白《しら》けそうだが、かなり人気商品らしい。

「これなァに」

今度はアヌス栓を持ってきたのには参った。主水はそんなものを使ったことはない。だが、知識としては知っている。どう説明しようかと思い、

「お腹を壊したときに、それで栓をしておけば洩らさずにすむ」

いい加減なことを言って誤魔化した。

今度はアヌス用のバイブを持ってきた。

「いやらしい。これ、前じゃなくて後ろ用みたい」

「買わないのに、いちいち持ってくるんじゃない」

客達に好奇の目で見られている。長居は無用と、主水は綿ロープを持ってレジに金を払いに行くとき、かすみが腕を引っ張った。

「これ、買って」

かすみはピンク色の極上シリコン製という肉茎の形をした淫具の箱を、しっかりと抱えていた。

先週、茉莉奈が買ってきた淫具を、こっそりと処分したことを思い出した。後で電話が掛かってきて、持って帰るつもりだったのにと、さんざん文句を言われた。一度味を覚えてしまい、あれから茉莉奈は、また購入したかもしれない。若いときからあんなものを使うと、強い刺激がないと感じなくなってしまう。困ったものだと思っていたら、今度はかすみだ。

かすみがどれだけの男と関係を持っているか知らないが、あまり淫具など使われなかったのか、それとも使われたことがあって快感だったのか、絶対に手放さないという感じで抱え込んでいる。

すでに五十近いし、パトロンはいても夫はいないようで、淫具を使い始めてもいい歳だろうと、主水は買ってやることにした。

「待って。もっと欲しいのがあるの」

かすみは目をつけていたのか、少し先の棚に行き、防水機能付きの卵形のローターを取った。風呂で使うつもりだろうか。

「それでおしまいだ。でないと、ホテルはやめにして、まっすぐ帰るぞ」

他の客に聞こえないように、耳元できっぱりと言った。

淫具さえ手に入れれば、主水は無用になるかもしれない。かすみは緊縛にも興味はなさそうだ。そこで、じゃあ帰る、と言われたらどうしようと思ったが、かすみは少し口を尖らせただけで、三つ目の淫具には手を出さなかった。

夜会巻きの和服のかすみと一緒では、目立ちすぎて仕方がない。店を出た主水は、予約のすんでいるホテルに先にチェックインし、部屋番号を教えて、後でかすみを入室させた。

かすみは入ってくるなり、淫具の箱を開け、目を爛々《らんらん》と輝かせている。

「ねェ、どっちも使ってね」

女盛りで、すっかり発情している。

店の客が少なく、いつ店が潰れるかとストレスになっている銀座のママ達も多いだろうに、目の前のかすみを見ていると、切羽詰まっている感じがしない。

元々、かすみは楽天家だが、仮病を使って自分の店を出て、これから淫具で遊ぼうというのだから、かなり脳天気だ。

この分では、今は客が少なかろうと、店は簡単には潰れないだろう。脳天気なかすみに癒されている男は多いはずだ。

頭脳明晰《めいせき》で美人のママは、見かけはよくても肩凝《かたこ》りすることがあるが、かすみ相手なら、男も馬鹿でいられる。ゆったりするには、それがいちばんだ。遊ぶには、可愛い女の方がいい。しかし、それなりに賢くなくては困る。

かすみのケイタイが鳴った。

チーママからのようだ。

「ええ、大丈夫よ。心痛からだろうって。閑古鳥が鳴いてて、これから、お店がどうなるか心配で心配で、よく眠れない日が続いたから。これから朝までゆっくり眠れば、明日は大丈夫だろうって。これから出して戴いた睡眠導入剤を飲んで休むところ。今夜はよろしくね……そう……まだお客さんいないの……？　困ったわね。ともかく、これから休ませてもらうわ。お客様が来なかったら、十一時で閉めていいわ。じゃあ、よろしくね」

いけしゃあしゃあと嘘をつくかすみが、主水には愉快だった。

「心痛とはよく言ったもんだな」

「心痛以外に何があるの？　お店が潰れるかもしれないのよ」

「春ごよみは潰れない。私が保証する」

そんな気がしてならない。

「モンさんがパトロンになってくれるの？　嬉しい！」

抱きついてきそうな勢いで喜んでいる。

「早とちりするな。じきに客は戻ってくる。だから潰れない」

主水は抱きつかれる前に、早口で言った。

「なんだ……」

「ママほど素敵な女には、すでにパトロンの数人はいるはずだ」

「でもね、どこも不景気で、パパさん達も貧乏臭いのよ」

パトロンなどいないと言わないところが正直だ。

「ともかく、今夜はSMゴッコだからな。着物は脱がないと高い訪問着が台なしになる」

「そりゃあ、脱ぐわよ。このままシャワーを浴びるわけがないでしょ」

かすみはさっそく帯締めを解き始めた。

背中のお太鼓が、乾いた音を立てて落ちた。

帯揚げを解いて帯を解いたかすみは、畳《たた》んだ帯をソファに掛けた。着物も脱いで、簡単に畳み、これもソファに掛けた。

着物はハンガーに掛けてクロゼットというわけにはいかないので、衣紋《えもん》掛けがない洋室は不便だ。

訪問着の地色に合わせ若竹色の長襦袢を解こうとしたかすみに、主水はさっと近づいて、伊達締めを解くのを阻止《そし》した。

「脱ぐのはここまでだ。このまま括る。ＳＭゴッコ開始だ。約束だから縛るぞ。イヤと言ったら、手籠《てご》めにするからな」

緊縛はいやだと言われたら、何のためにここに来たのかわからない。主水はわざと時代錯誤な言い方をすることで、剽軽さを装った。

「殿、命だけはお助けを」

かすみも調子を合わせてきた。

「よし、刃向かわぬと申すなら、命だけは助けてやろう」

何と馬鹿なことを言っているのだと思いながらも、宮下氏からの七百五十万円の礼金がかかっているだけに、これからは真面目に縄掛けだ。

主水はかすみの両手を後ろにして手首に縄をまわし、乳房の上下にもまわした。

復習は大切だ。茉莉奈に施《ほどこ》したときよりきれいにできた。長襦袢の上からというのがいいのかもしれない。なかなか風情がある。洋風の女にはレザーや金属の拘束具だろうが、やはり、和服には縄が合う。

大和撫子《やまとなでしこ》には程遠いかすみだが、いつも着物を着慣れている銀座のママだけに、髪型も化粧も絹の光沢を放っている長襦袢も、そこいらの素人とは雲泥《うんでい》の差がある。縛ってみると、今までノーマルにベッドインしたときよりそそられた。

「何だか慣れてない？　今まで、こんなことしなかったのに、モンさん、ずっとヘンタイを隠してたの？」

かすみが真顔で訊いた。

「昔、金がないとき、梱包《こんぽう》のアルバイトをしていたことがあった。そうだな、今から四、五十年前のことだ。そのときも、おまえは上手いと、えらく褒められたのを思い出した。ちゃんと躰が覚えていたようだ」

数回練習すれば、朝乃にも不審を抱かれないぐらい、腕が上がりそうだ。

「私、荷物のつもり？」

「美味そうな女体が荷物のはずがあるまい。こうなったからには、もう逃げられないぞ。喚《わめ》いても無駄だ。諦めるがよい」

主水はさっきの続きで、猥褻な口調に戻った。

新たな縄を、胸にまわっている二本の縄に絡めた。

「まさか、妙なものを穿いたりしてはいまいな」

殿様口調を続けた。

「すっぽんぽんのポン！」

恥じらいを浮かべて芝居をするかと思っていたが、急に露骨過ぎる言葉が出てきて、主水はズッコケそうになった。

「どれ、誠《まこと》かどうか調べてみよう」

すぐに気を取り直した主水は、かすみの長襦袢の裾をたくり上げ、次に湯文字も捲り、背中の縄に挟んだ。下腹部が露わになり、それだけでも猥褻極まりない。

ますます淫猥な気分になってきた。

「オケケを載せた饅頭のワレメに、こいつをたらふく食わせてやろう」

胸から垂れている最後に結んだ縄を股間にくぐらせ、臀部へとクイッと引き上げた。

「あっ、オマタが裂けますぅ。殿、堪忍……あはっ、すけべ……」

かすみの鼻から荒い息が洩れた。

縄を解いて、あと二、三度練習したいが、そういう雰囲気ではなくなってきた。

「堪忍だと？　これで終わると思っているのか。姫所《ひめどころ》にこいつを押し込んで、じっくりといたぶってやる」

むふふと唇を歪めた主水は、ピンク色の肉茎の形をしたシリコン製の淫具を取り、わざとらしく亀頭を舐めた。

「これからおまえは生娘《きむすめ》ではなくなる。覚悟せい」

かすみをベッドに押し倒し、太腿の間に躰を入れて閉じられないようにし、パックリと開いた肉マンジュウを眺めた。

女の器官はすでにぬめぬめと光り、蜜がまぶされている。どう贔屓目に見ても、生娘からは程遠い。それでも生娘と思い、芝居を続けた。

「観念しろ。痛いのは最初だけだ」

またむふふと笑い、淫具の先を秘口に押しつけ、わずかにねじりながら沈めていった。

「痛っ！　殿、お許しィ！」

かすみも生娘を演じている。だが、すぐに小鼻がふくらんだ。

「堪忍……お殿様……あは……はああっ……いい……もっと……それ、好き。もっと」

かすみは生娘からあっというまに熟女になり、腰をくねらせながら出し入れを催促した。

五章　狐と狸

美味しい餌に食いついたらしい朝乃は、アンティーク店のマダムが紹介してくれた洒落た喫茶店に必ず顔を出すだろう。

『いい店を紹介してもらいました。明後日、今ぐらいの時間に、またこの近くに用があるので、ここに寄ろうと決めました。こんなにくつろげる店はなかなかありません』

主水は、さりげなくそう言った。

だから朝乃は、夕方、店に顔を出すだろう。だが、先に主水が入るべきか、後から入るべきか、そんなことも考えた。

いつやって来るか、はっきり時間のわからない主水を、朝乃は先に入って待つだろうか。もしかすると、近くで店を見張り、主水が入ってからやってくるかもしれない。いくつものパターンが想定できる。

主水だけでは朝乃を騙しきれないかもしれない。詐欺師を騙すには、念入りに計画を練らなければならない。

勇矢の高校時代からの友人、役者を目指している劇団員の京平《きようへい》に、以前、仕事で世話になったこともあり、また彼らに一役買ってもらうことにした。

恐いオニイサンの役を、劇団員の仲間とともに完璧にこなしてくれ、財産目当ての男に騙されていた世間知らずのお嬢様を、無事に取り戻した実績がある。

成功報酬が入ったところで、後日、主水も彼らとともに一緒に呑み、親交を深めた。

今回、京平達の出番があるかどうか、朝乃次第だが、それでも日当は払うことにしている。

京平達はやる気満々だ。以前の仕事は想像以上に面白かったと、昨日は、そのときの話でひととき盛り上がった。まだ三十六歳。元気な盛りだ。うまくやってくれるだろう。

午前中から、朝乃の自宅を勇矢に見張らせた。

朝乃が動いたと連絡が入ったのは、午後三時過ぎだった。

自宅を出て、まっすぐに喫茶店に向かうかどうかわからないが、時間的に見て、それほど寄り道しないで店に現れる気がした。

タクシーを使われるかもしれないと思ったが、都会では、タクシーより電車の方が早くて便利なことが多い。朝乃は電車を使うことにしたようで、勇矢が引き続き尾行を続けた。

朝乃を自宅から尾行させているのは、主水より後から喫茶店に入ろうとするのか先に入るのか知りたいだけだ。それによって、主水の行動も変わってくる。

勇矢が尾行に失敗しても、喫茶店の中には、すでに京平の劇団仲間のひとりが客を装って入っている。

喫茶店の最寄り駅までやってきた朝乃は、駅の近くの店で二十分ほどかけてシューズを買い、今は喫茶店に向かっているようだと勇矢からの連絡が入った。

主水はそろそろかと、待機していたすぐ近くのコーヒーチェーン店から出て、道を挟んだビルの陰から朝乃を見張った。

襟ぐりの広く開いたベビーピンクのワンピースに身を包んだ朝乃は、ためらいなく喫茶店に入った。

その後、勇矢が現れた。

主水がケイタイで居場所を伝えると、勇矢はすぐに気づいてやってきた。

「ご苦労さん。じゃあ、またあとで尾けてもらいたいし、ゆっくりしている時間はないだろうから、腹が空いてるようなら、そこでハンバーガーでも食っておくといい」

主水はファーストフード店を指した。

「値段を見てきたら、一番安いのが、今だけ期間限定セットで五百円。ハンバーガーにポテトに飲み物で得だ。それとも、単品にするか？　一番安いのなら、三百円で釣りがくる」

主水は親切だろうという顔をした。

「五百円ぐらい持ってますよ。丁寧に調べていただき、ありがとうございました」

フンと鼻を鳴らした勇矢だが、空腹なのか、すぐにファーストフード店に向かった。

勇矢をおちょくるのは楽しい。紫音と一緒になってくれたら、義父として死ぬまで面白おかしくからかうことができるのに、なかなか思いどおりにはいかない。

先に客として入っていた京平の仲間が、目的を果たして出てきた。朝乃は主水を確かめるためか、いったん奥まで行ったが、また戻り、入口に近い席に座ったらしい。

主水は辛抱《しんぼう》強く二十分待って喫茶店に入った。そして、故意に入口の朝乃に気づいていないふりをして、さっさと奥の空いている席に向かった。

「川瀬さん！」

仮の名として名乗った名前を呼ばれ、主水は振り向いた。そして、思い切り驚いたという顔をした。

「どうしたんです。まさか、またここでお会いできるとは思いませんでした。待ち合わせですか?」

「いえ、ひとりです。近くで買い物をしたので」

朝乃は紙袋を持ち上げた。

「そこにお邪魔してよろしいですか?　いや、おひとりがよろしいようなら、別の席にします」

「いえ、どうぞ」

朝乃の前に座ると、プレゼントしたカメオのブローチを胸元につけている。想像どおりだ。

「それ、つけていただいてるんですね。気に入ってもらえたのなら嬉しいですよ。その服にも似合いますね。しかし、何でも似合う人だ。今日もなかなか素敵ですね」

主水は思いきり褒めちぎった。

「朝乃さんは、この近くにお住まいですか?」

「いいえ」

「じゃあ、買い物するのに、このあたりが気に入ってらっしゃるんですね」

「ぶらぶらしてウィンドーショッピングするには好きな雰囲気です……でも」

朝乃が言葉を切り、唇をゆるめた。

「川瀬さんにお会いできるかもしれないと思って来てみたんですよ。一昨日、こちらに用があって、またあのくらいの時間に、ここに寄ろうとおっしゃっていたので、もしかして、お会いできるかもしれないと思いまして」

偶然ではなく、主水に会うためにここに来たと告白した朝乃は、完全に主水に狙いをつけたようだ。

「光栄です。そうだったんですか。よく覚えてらっしゃいましたね。でも、正直言って、こんなに早く、またお会いできるなんて思ってもいませんでしたよ」

主水が誘えば、喜んで朝乃はホテルまでついてくるだろう。だが、その前に、今日は何としても、会社のことや名前を探らなければと思っているはずだ。

「今日は一時間ぐらい、ここでお話しできるでしょうか」

主水は、わざと腕時計に、ちらっと視線をやった。

「私は今日は他に何の用もありませんから、何時間でも」

最後の言葉を朝乃は強調した。

「何時間でも……ですか。じゃあ、コーヒーを一、二杯飲んだら、その後、軽く食事でもいかがですか？」

「えっ？　よろしいの？　嬉しいわ」

朝乃は今までにない、とびっきり色っぽい目を向けた。

「じゃあ、決まりですね。わくわくしてきました。ここで焦って、あれこれ互いのことをお話しすることもないですね。ここのコーヒーはとびっきり美味いし、ここではゆったりと、コーヒーを味わうに限りますしね」

そう言った主水だが、先日のアンティークの店に並んでいた品のことを話題に出して、適当に時間を費《つい》やした。

二杯目のコーヒーを頼んだ後、主水は洗面所に立ち、外にいる京平に、そろそろ入ってくるようにと、メールで連絡した。

何食わぬ顔で席に戻った主水は、食事は何がいいかと、朝乃に好きな食べ物を訊いた。

「フランス料理でも、和食でも、中華でも。いえ、安い居酒屋さんでもけっこうです」

朝乃は最後に、しおらしいことを言った。

「居酒屋は私も好きですよ。でも、朝乃さんにはフランス料理か懐石料理が似合いそうですね。今日の服にはフランス料理かな。食事つきの秘密のサロンがあるといいんですけどね」

主水は秘密のサロンと言うとき、故意に声を落とした。

そのとき、背広を着て会社員に成りすました京平と劇団の仲間の賢治《けんじ》が入ってきた。

「あれ……社長、こんな時間にどうしたんですか？　こんなところでお会いするとは思いませんでした」

まずは京平が驚いた顔をした。

「社長、先日はご馳走様でした。こんな時間からデイトですか？」

次に口を開いたのは、京平よりひとつ年下の、賢治だ。朝乃に好奇心旺盛な視線をちらりと向けた。

「おいおい、冗談はよしてくれ」

主水は笑いを装ったものの、朝乃に対して狼狽《ろうばい》してみせた。

「近くに用があってここに入ったら、昔、通っていた店に勤めていたこの人がいたんだ。何年ぶりかの偶然に、ちょっとばかり話をしていたところだ。きみ達の席に移っていいかな」

「でも、せっかく昔のお知り合いと話が弾んでいたのなら」

「そうですよ。僕達、邪魔はしませんから」

京平の後に、賢治が思わせぶりな口調で言った。

「いや、のんびりくつろいでいたこの人の邪魔をしたのは、後から来た私だ。二杯目はきみ達の席でいただこう」

主水がそう言うと、京平達は奥に行き、どの席にしようかと話している。

「まずい連中に会ってしまった……ひとりは三年前まで私の会社にいた社員なんだが、独立して会社を作ったんだ。そのとき、力になってやった。だから、自宅にも来ることもある。つい最近、一緒にいる彼の部下と三人で呑んだ。女房とも顔見知りだ。明るいうちから外で女性と会っていたと、冗談交《ま》じりにでも言われたりしたら大変なことになる。女房は被害妄想でヒステリーだ。バックには、会社を狙っている女房の兄弟もついている。さっきのように、昔の知り合いということにしておいてほしい。せっかく会えたのに天国から地獄だ……」

京平達が背を向けている間を見計らって、主水は声を潜め、早口で言った。

「じゃあ、もし店に寄るようなことがあったら、ママによろしく。もう五年以上行ってないし、もしかして店じまいでもしてるんじゃないかと思ったが、元気にやってるようならよかった」

そんなことを、今度は京平達に聞こえる声で言うと、主水は席を立った。

朝乃は訳がわからないという顔で口を半開きにしたまま、主水が京平達の席に移るのを、なす術《すべ》もなく目で追っていた。

「こんなところで会うこともあるんだな。今日は偶然ばかりだ。あちらの彼女に、きみ達に」

京平達の席に着いた主水はそう言うと、店員に新しいコーヒーを頼んだ。

「ご馳走になっていいですか？」

賢治が言った。

「おい、コーヒー代ぐらい、こちらで払う。あまり調子に乗るなよ」

賢治の言葉を、京平が諫《いさ》めた。

「物怖《ものお》じしない元気な社員でいいじゃないか」

「もう、一緒に酒も呑みましたしね」

賢治がうち解けた口調で言った。

「ああ、楽しい酒だった。ここのコーヒーは私の奢《おご》りだ」

「じゃあ、二、三杯、飲むかな」

賢治は相変わらず調子がいい。

「酒が呑めなくなるぞ。コーヒーだけにするつもりか？」

主水の言葉に、

「えっ？　もしかして、この後、呑みに連れて行ってくれるんですか？」

賢治が嬉しそうな声を上げた。

「そのつもりだ」

「いいんですか？　こんなうちの社員を」

そんな会話がやりとりされ、二十分もすると三人は立ち上がった。

勘定《かんじょう》を払うとき、賢治は先に出たが、京平はわざと主水の横から離れなかった。

「社長、すみません。この後、本当にいいんですか？　あいつ、仕事はできるものの、図々しくて」

「こんなところで会ったんだ。縁があるんだろうさ」

勘定が終わった主水は、まだ帰らずにいる朝乃の席で立ち止まった。

「お邪魔しました。こちらの代金もお支払いしてあります。本当に懐かしかった。じゃあ、お元気で」

主水は、京平に聞こえる声でそう言った。だが、先にドアに向かって歩いていく京平をちらりと眺めると、困惑した顔に戻り、唖然としている朝乃に、

「また縁があったらということで……携帯の番号を教えたいが、メモを渡すのを見られると困る。口が軽い連中中で、何もかも筒抜けになってしまう。あっという間に女房の耳に届いてしまう」

少し背を屈めて耳元で囁いた。

ドアを開けた京平が振り返り、主水を待つそぶりをした。打ち合わせどおりで間合いがいい。

主水は慌てて店を出た。

「奴さん、余計な邪魔が入って困惑していたな。まだ私の住所も何もわからず、私と連絡のとりようがないんだからな。今頃、いい金蔓を逃したと混乱しているかもしれない」

主水はクッと笑った。

「しかし、手の込んだことをしますね。社長、ずいぶんと楽しんでるようじゃないですか」

「きみ達もだろう?」

三人は顔を見合わせて笑った。


朝乃と喫茶店で会って半月になる。そろそろ頃合いだ。

日曜は、渋谷のカルチャースクールに朝乃が現れる。一時から二時半までの講師なので、せいぜい三十分前か、早くても一時間前にしか建物には入らないだろう。

駅からカルチャースクールまでの間で待ち伏せだ。渋谷駅構内で会えば、より偶然だと錯覚させることができるかもしれないが、人混みが半端ではない。今日は確実に朝乃と会いたいので、尾行を任せている勇矢と連絡を取り合いながら、ヘマをしないように動くつもりだ。京平達は舞台なので、手伝ってもらうわけにはいかない。

中目黒から渋谷までは、東急東横《とうよこ》線の急行なら、乗り換えなしで四分。他の線を使えば恵比寿《えびす》で乗り換えなければならず、早くても九分かかる。遅ければ十六分だ。週に二回通っているだけに、朝乃はロスの少ない四分で着く電車に乗るだろう。

予想どおり朝乃が急行に乗ったと、勇矢から連絡が入った。渋谷駅からカルチャースクールまで歩いて五分ほどだ。十分から十五分後には、やってくるだろう。

カルチャースクールと渋谷駅の、ほぼ中間点で待った。

「今、角を曲がりました。もうじきです。地味なグレイのスーツです」

勇矢もまだ尾行を続けている。

「よし、そろそろ開始しよう」

ケイタイを切った主水は、頃合いを見計らって歩き出した。

先に気づいてほしい。だが、こんなところで主水と会うなど、朝乃は想像もしていないだろうし、周りの景色など意識もせず、カルチャースクールに向かって、さっさと歩いていくかもしれない。見ようとする意識がなければ、目の前のものさえ見えないことがある。

できるだけ朝乃と正面から向き合えるような位置を歩いた。通り過ぎるわけにはいかない。あくまでも手前で気づいてもらい、気づかないようなら、擦れちがう直前、主水から声を掛けるしかない。偶然を濃く演出しなければならない。それまで主水は、故意に視線を他に向けて歩いていくだけだ。

主水の目にグレイのスーツが映った。朝乃のようだ。主水に気づいてもいい位置だ。後は、朝乃の視力しだいということになる。

朝乃から声を掛けてくれるか、やむなく主水が呼び止めることになるか、半々と思ったとき、

「川瀬さん！」

目を見開いた朝乃が、三メートルほど手前で大きな声を上げた。

「朝乃さん！」

主水はさらに驚いた顔をしてみせた。

「縁がある。本当に私達は縁がある……」

「びっくりして、心臓がドキドキ」

朝乃が胸に手をやった。顔が火照《ほて》っている。いかに驚いたかわかった。作戦成功だ。

「こないだは、せっかくのときに邪魔が入ってしまって、もう二度と会えないかもしれな

いと思っていました……あのときは、どうしようもなかったとはいえ、毎日、お詫《わ》びしたい気持ちで一杯でした。その思いが通じたのかもしれません。でも、今日は日曜ですし、これからどなたかと？」

「いえ……」

「それなら、夕食を約束しておきながらあんなことになってしまい、申し訳なく思っていました。埋め合わせをしたいんですが、これから昼食はいかがですか？　終わりましたか？」

「私、これから用があって、二時半までは……」

身元が知れるとまずいと思っているのか、カルチャースクールのことは言いたくないらしい。

「二時半ですか……まだ一時前だ。あと二時間近くあるな……」

主水は溜息をついてみせた。

「だめですか？　どこかで待っていていただくわけにはいきませんか……？」

朝乃は切羽詰まっている。

「先生、こんにちは」

三十代に見える女が立ち止まって朝乃に挨拶した。ペン字の授業を受けている生徒だろう。

「あら、こんにちは……」

朝乃は笑みを向けたが、動揺している。やはり、カルチャースクールで教えていることを知られたくないのだ。

生徒らしい女は、すぐに歩いていった。

主水もひやりとした。朝乃のことを知りたくて、ひとりの生徒にあれこれ訊いたことがあった。その生徒にここで声を掛けられてしまえば、朝乃に疑いの目を向けられ、作戦に支障をきたす。生徒の通る確率の高い場所からは、一刻も早く離れるに限る。

「ケイタイの番号を教えておきます」

主水は手帳を出してメモすると、千切《ちぎ》って朝乃に渡した。

「必ず、用が終わったら連絡して下さい。近くで、首を長くして待っています。今日、ふたりで会っておかないと、いくら何でも、次の偶然など訪れないような気がするんですよ。今日、ここで会ったことすら、夢じゃないかと思っています」

「私も……本当にびっくりしました」

偶然と信じている朝乃が確信できた。

二時四十分、朝乃から電話が入った。

番号を知られないように、ひょっとすると公衆電話から掛けてくるかもしれないと思っていたが、ケイタイからだ。

「Sホテルの五二七号室にいます」

「えっ……？」

「こないだのように、人に邪魔されたくないんです。無理ですか……？　部屋の外の方がいいですか？」

「わかりました」

朝乃が承諾《しようだく》した。

先日、京平達の力を借りて一芝居打ったとき、朝乃が拍子抜けした顔で喫茶店から出てきたのはわかっている。勇矢から、朝乃はどこにも寄らずに自宅に戻ったと報告を受けた。外食する元気もなかったのだろう。

金蔓を逃がしたことで心底落胆していたらしい朝乃だけに、半月後の今日の出会いは、この上ない幸運と思っているだろう。ここで主水を逃すわけにはいかないはずだ。

十五分ほどでノックの音がした。

ドアを開けると、朝乃がさっと躰を入れた。

「本当に来てくれるかと、やきもきしてました」

「私こそ、二時間以上も待っていてくれるのかと、あれからずっと不安でした」

「すぐにここを取って、祈るような気持ちで待ってました。来てくれてありがとう。今まで会った朝乃さんとはどこかちがうようだと思ったら、服のせいだ。今日はずいぶんとおとなしい。先生と呼ばれていましたね。でも、あの女性は学生には見えなかった。いったい何の先生だろうと、ずっと考えていたんですよ。でも、見当もつかない」

「ああ、ちょっと……先生と呼ばれるほどじゃないんですよ……」

朝乃は言葉を濁した。

これから主水をゆするとなれば、どこの誰かは知られたくないだろう。今回の仕事の依頼主の宮下氏は、毎月、金をゆすられているというのに、朝乃の住所も本名も知らないのだ。

「あの喫茶店に、また連中が来たらまずいと思って、それでも、もしかして朝乃さんが顔を出すかもしれないと、何度か近くまで行って、店を眺めていたんですよ。でも、だめでした……だから、もう奇跡は起こらないと思っていました」

「私、あんな高価なブローチを戴いたのに、あれきりじゃ、申し訳ないと思っていました……あれから、二度ほど、あの時間にお店に行ってみたんですよ……」

「そうですか。もっと早く会えればよかったですね。でも、今日、こうしてお会いできたんですから」

朝乃がうつむいた。

しおらしく、恥じらう女を演じている。狸だ。

「朝乃さんが来てくれるまで時間があるとわかっていたので、近くでこれだけ買ってきました。セックスはしません。括らせていただけませんか？　無理にとは言いませんが」

主水はベッドの掛け布団を捲り、赤い縄を手に取った。

胸を喘がせた朝乃は、軽く唇を開いて、困惑の表情を見せた。だが、これは芝居のようだ。

「セックスはしないと約束します。してほしいと言われるまで、それは我慢します。いつの日かでいいんです。時間をかけて信頼を築いていけたら、そのときに……全部脱ぐのが不安なら、服の上からでもかまいません」

「シャワーを浴びていいですか？」

朝乃が小さな声で言った。

服を着たままでもいいと言っているのに、朝乃は脱ぐ気になっている。

「洗っていただけます……？」

朝乃の言葉は、男に甘えを見せて魅了《みりよう》しようというだけでなく、浴室に入っている間にバッグを漁《あさ》られ、身元を確認されるのを警戒しているのかもしれない。今日、主水に会えるとは予想もしておらず、カルチャースクール関係のものもバッグに入れているだろう。

朝乃がまだ警戒を解いていないのなら、気を抜かないようにしなければならない。

「最初から一緒に風呂に入れるなんて光栄です。足の指まで洗ってあげますよ」

主水は朝乃のスーツのボタンを外し始めた。

魅惑的なボディだ。男達が魅せられるのも無理はない。下腹部の漆黒の翳りの濃さといい、きれいな逆二等辺三角形の生え方といい、実にみごとだ。乳房は服の上から想像していたより豊かで、乳首は小さく薄桃色。初々しくさえ感じられ、悪女とはほど遠い外見だ。

勇矢に朝乃の行動を見張らせた限り、エステに通っているような報告もなく、肌も生来のものだろう。きめ細かで、まるで毎日、糠袋《ぬかぶくろ》で磨いているようだ。

浴室でシャワーを掛けながら、肉マンジュウに載った翳りにシャボンを泡立て、ワレメの中まで指を入れ、花びらや肉のマメの周辺にも指を這《は》わせた。

「あは……」

よろけそうになった朝乃が、主水の腰をつかんだ。

後ろのすぼまりに指を移すと、朝乃は、あっ、と短い声を上げて硬直した。後ろを責めると面白そうだと、主水は内心、ほくそえんだ。

足の指を洗いたいと言うと、朝乃は主水の肩につかまり、片足を上げた。

主水は丁寧に指の間を洗っていった。薄いピンクのペディキュアをつけた足指も形がい い。足首はキュッと締まって憎いほどだ。

躰も拭いてやり、ベッドに移った。

「今日という今日は、朝乃さんとは本当に縁があるとわかりました。ヒステリーで疑り深い女房や、扱いにくい女房の兄弟などがいて、窮屈な環境で暮らしていますが、これからも朝乃さんと会えるなら、できるだけのことはします。初めてサロンでお見かけしてから、一カ月も経ってしまったんですね。あのとき、こんな日が来るとは想像もできませんでした」

仰向《あおむ》けになった朝乃の横に躰を入れ、小さな乳首を指先でいじり始めた。

「あう……」

眉間に悩ましい皺を作った朝乃が、ぬめ光っている唇をかすかに開き、扇情的な喘ぎを洩らした。

「あれから、他の女性が色褪《いろあ》せてしまって、プレイしていないんですよ。正直に言うと、月に一、二度は、そういう女性とプレイしていました。気に入りの女性だったのに、あなたと会ったときから、その気にならなくなってしまったんです。彼女は根っからのM女だったんですが、まとまった金を渡して別れました。先週のことです」

主水は次々と話を作りながら、いかにアブノーマルなプレイが自分に必要かを話すことも忘れなかった。そして、焦らすための指戯を続けていた。乳首がコリコリになってきても、そこ以外は触れなかった。

朝乃の細い肩先がくねりだし、次の行為を催促するような素振りを見せるようになると、やっと指を下腹部に下ろした。翳りを撫でまわしては、肉マンジュウのワレメを行ったり来たりしながら、合わせ目からじっとりと湧き上がってくるぬめりの感触を楽しんだ。

花びらや肉のマメを触ってほしいと思っているかもしれないが、ワレメの縁をいじるばかりにし、ときには遠のき、鼠蹊《そけい》部を掌で撫でまわし、うっすら汗ばんだ肌の感触も楽しんだ。

アブノーマルで縛りが好きと言ってあるので、赤い縄で括らなければならないが、狸の躰をとろとろにさせてみたい。主水は発奮した。

金目当てで会いたいと思われるのではなく、愛撫が欲しくて会いたいと思わせたい。それがオスのプライドだ。本気で惚れさせてみたい。詐欺師への挑戦という気持ちにもなっている。

肉マンジュウの中には、たやすく指は入れない。内腿や鼠蹊部も、女は感じる。焦れるような快感が広がるはずだ。

「んふ……あは」

鼻から熱い喘ぎを洩らす朝乃が、腰をくねりくねりとさせるようになると、快感を装っているのではなく、本気で焦れているのだとわかった。

女遊びが足りずに、こんな詐欺師に引っかかった宮下氏と主水はちがう。中学生で年上の女に導かれて童貞をなくして五十五年。ざっと数えることもできないほどの数、女は体験してきた。三十歳も年下の朝乃に負けるはずがない。

「これが本当の餅肌ですね……指先が溶けていきそうですよ。こんな肌に赤い縄化粧ができるなんて夢のようです。括らせてくれますよね？　奇跡が起こって、また会えたんですから。今日を逃したら一生、括れない気がします」

「だめ……今度」

熱っぽい目をした朝乃が言った。

持ち物が気になるのかもしれない。括られてしまえば、最悪の場合、バッグを持って逃げられる可能性もある。バッグを開けられ、身元を知られるのも危惧しているだろう。詐欺師だけに、他人を信用できない心理は手に取るようにわかる。

「こんな奇跡のような再会を果たしたのに先延ばしですか、セックスはしないのに」

まだ肝心の所を触ってもいないのに、ぬめりが肉マンジュウのほころびまで溢れ出し、ワレメ周辺の翳りもねとねとしている。それでも朝乃は、最後の用心深さを捨て切れないのだろうか。

主水は肉マンジュウのほころびを行ったり来たりしていた指を離し、朝乃をひっくり返した。

うなじに唇をつけると、滲《にじ》んだ汗に、仄かな塩味があった。甘やかな髪の匂いは鼻腔をくすぐり、嗅覚と味覚が一緒くたになって主水の体内に入ってきた。

うなじから肩胛骨《けんこうこつ》へと、ゆっくりと舌戯を施していったが、そうしながら、手の甲と爪で尻肉を撫でまわすのは忘れなかった。

「んふ……はああっ」

熟《う》れた喘ぎが主水をますます元気にした。

熟した女だけに、丁寧な愛撫をされるほど下腹部は疼き、太いものを咥え込みたくなるはずだ。焦れた肉ヒダは、妖しく蠢《うごめ》いているかもしれない。

腰まで舌を這わせると、尻たぼは舐めず、顔を離して足首を取った。

「くっ！」

足指の間に舌を這わせたとき、朝乃が反射的に足を引こうとした。それを、がっしりと握り締め、次の足指の間に舌を移した。

「んんっ！　だめっ！　くっ！」

感じすぎて、くすぐったさに耐えられないようだ。片足だけでやめ、膝裏のくぼみに舌を持って行き、太腿の付け根に向かって舐め上げていった。

例外的なごく少数の不感症は別として、女は愛撫しだいで、いくらでも燃え上がる。淡泊でセックスの嫌いな女もいるが、朝乃のような女は嫌いなはずがない。こうやって時間を掛け、肝心なところには触れずに愛撫していけば、最後は貫かれたがる。

太腿から豊臀《ほうでん》に移った。ツンと形よく盛り上がっている尻肉を甘噛みすると、ヒクッと跳ねた。谷間に隠れている排泄《はいせつ》器官のすぼまりをいじりたいが、それは後だ。

またひっくり返して、ねっとり汗ばんだ朝乃の乳房を掌で包んで揉みほぐしながら、人差し指と中指で挟んだ乳首を、強弱をつけて責めたてた。

「何時間触っていても飽きそうにない素晴らしい躰です……今まで会った女性の中で最高です」

時折、褒め言葉も忘れずに出した。

肝心の場所に近づいても、決して肉マンジュウのワレメの中には指を入れず、舐めまわすときも、そこは避けた。

女の器官に近づくたびに期待を裏切って遠のく指と舌に、朝乃が、ついに本格的な催促を始め、くっつけていた膝をくつろげ、それでも主水がソコに触れずにいると、さらに太腿を開いていった。

主水が触れなくても、肉マンジュウがぱっくりと口を開け、蜜でぬめぬめと淫らに光る女の器官が、はっきりと見えるようになった。

サーモンピンクの花びらは大きめで、肉茎を包み込まれると、食虫花に捕らえられた昆虫のように溶かされてしまいそうだ。長い愛撫によって、女の器官から、いやらしい誘惑臭も漂い出している。

若い頃なら耐えられずに突撃しているだろう。だが、主水は誘惑をはねのけ、肉マンジュウの中は見るだけにして、決して触れなかった。

「ね……して」

ついに朝乃が哀願した。

「じゃあ、これを使っていいんですね？」

主水は赤い縄を出した。

「それは……だめ」

朝乃がかすれた声で拒《こば》んだ。

「最初ですから、両手だけにします。これを使わないと、私は女性のアソコに触れる気がしないんです。括らないと、これ以上のことは無理です」

半端な疼きに耐えられなくなっている朝乃は、続きを望んでいる。だが、この期《ご》に及んでも思案している。

「わかりました。残念ですが、今日はこれでやめにして、続きは次にしましょう。焦りません。朝乃さんにいいと言ってもらえるまで待ちますから」

やさしさを装いながらも縄を置き、無情な言葉を出した。これは朝乃との勝負だ。勝負には勝たなければ意味がない。

「して……」

考えている余地はないと知ったのか、朝乃が続きをせがんだ。主水の勝ちだ。

「いいんですね？　いやになったら言って下さい。いつでも解きますから」

安心させ、朝乃の両手を後ろにし、解けないように、手首に縄を十文字にまわした。これで自由を奪ったも同然だ。

「会うたびに少しずつ……楽しみは少しずつです……両手を括っただけで、さっきより何倍もきれいで色っぽくなりました……全身を縄で装わせたら、どんなにきれいでしょうね」

感激に打ち震えているような口調で言い、少し離れて朝乃を見つめた。

「腕が痛くならないように、うつぶせになって下さい」

後ろ手に括ったので、仰向けになると両腕に体重がかかる。主水も手伝ってうつぶせにした。うつぶせにしたいので後ろ手に括ったのだ。

後ろからグイッと腰を掬《すく》い上げた。

「あっ！」

頭をシーツに押しつけたまま、尻だけ破廉恥に掲げることになるとは予想していなかったのだろう。朝乃が慌てている。だが、両手の自由がないので逃げられない。

今までの長い愛撫に、肉マンジュウのワレメから銀色のうるみが溢れ、真後ろから眺める女の器官は卑猥《ひわい》すぎる。どんなに感じ、焦れていたかわかる。感じる女は扱いやすい。

主水のことを金になる男としか見ておらず、最初は、ベッドで適当に悶えてみせればいいと甘く見ていたかもしれないが、そうはいかない。

「あうっ！」

肉マンジュウのワレメの中、それも秘口にいきなり指を押し込むと、朝乃が硬直した。

「凄い。火傷《やけど》しそうなほど滾ってますよ。腰を落とさないで下さい。激しく動くと怪我をしますから」

主水は感激の口調で言い、次に脅し、指を奥まで沈め、ゆったりと出し入れを始めた。

「んくっ……くくっ……あう」

朝乃が本気で悶えている。

指を二本にして入れ直した。

「ああっ……」

蜜がどんどん溢れ出してくる。

じきにチュグチュグ、グチュッ……と、淫らな抽送音がするようになった。

口戯や指戯には自信がある。肉茎にも自信があるが、それはまだ控えておくしかない。

「朝乃さん、心底、惚れました。ついに理想の人に会えました」

主水は甘い言葉を囁きながら、蜜壺の指を膣ヒダに沿ってぐぬりとまわしたり、横に振動させたりして責め続けた。

「ああう、だめ……だめ……い、いくっ！　んんっ！」

朝乃が昇天して打ち震え、主水の指をキリキリと締めつけた。

収縮が収まりかけたとき、主水は指を抜いた。当然ながら、その指を鼻に持って行って匂いを嗅いだ。淫らすぎる匂いに、股間のものがヒクッと跳ねた。

だが、腰が落ちないうちにと、すぐに気を取り直し、腰をがっしりとつかんだ。それから、秘口と一緒にひくついている8の字筋で繋がっているアヌスを、べっとりと舐め上げた。

「ぐっ！」

ひしゃげたような声を押し出して、朝乃が再び硬直した。

舌を尖らせ、すぼまりをつついては捏《こ》ねまわした。

「んぐぐっ」

朝乃が逃げようとしている。逃がしてなるものかと、ますます両腕に力を込めて腰を支え、後ろの排泄器官を舐めまわした。

「んんっ！」

ついに朝乃は後ろで絶頂を迎え、激しい痙攣《けいれん》を繰り返した。

ようやく縄を解き、両手を自由にしたが、汗まみれになった朝乃は放心している。

額やこめかみにへばりついた乱れ髪が妖艶だ。だが、主水は惑わされなかった。

「まだ指と口でしかしていませんが、最高でした。赤い縄で括られた朝乃さんが乱れて、前でも後ろでも気をやってくれたんですから。次が楽しみです。また会っていただけますよね？　お電話してもよろしいですか？」

続けざまに気をやってぐったりしている朝乃を眺め、主水は感に堪《た》えないという口調で言った。

「そんなことより、まだ時間はよろしいですか？　今夜こそ、楽しいディナーができたらと思っています。ただし、また面倒なことにならないように、ルームサービスでいかがでしょう」

主水は朝乃を抱き起こしながら訊いた。

ルームサービスでワインを呑みながらのディナーになったが、後ろのすぼまりを舐めまわされて気をやったのが恥ずかしいのか、朝乃は視線を落とし気味で、少しは可愛い女に見えた。

「私は世間で言うアブノーマルです。縄が大好きです。でも、恐くはなかったでしょう？　多くの人がそんなことをしないからといって、どうしてアブノーマルと言うんでしょうね。人とちがう興奮の仕方をするだけなのに。私はそう思っています。じつは、縄以外でも、興奮することがあるんです。そちらの方がアブノーマルと言われるかもしれません。一度に話してしまうと嫌われるかもしれませんから、それは、次にお話しします。私の好みを満足させていただけるなら、もちろん、お礼はします」

朝乃がいちばん関心のある礼金のことを匂わせた。

「泊まっていきたいんですが、家人の目があるので、そろそろ出ます。今日は最高の日になりました」

食事が終わって、コーヒーを飲んだ後、主水は笑みを浮かべた。

「お名刺、いただけません？」

朝乃は主水の素性《すじょう》を知りたがっている。

「ああ、まだでしたね。でも、秘密のサロンで知り合ったふたりです。もう少し秘密のまというのも楽しいんじゃないかと思うようになりました。いろいろ想像しながら、十回目のベッドで互いのことを告白し合うというのはどうですか？　週に一度お会いできるとしても三カ月ほどかかってしまいますが、互いの電話番号もわかったんです。余裕ができました。秘密のベールに包まれていることでワクワクしませんか？　これは、少ないですが、今日のほんのお礼です」

二十万円渡した。十万円でも惜しいが、ケチるとよくない。三十万円くらいがいいかもしれないが、最初からそれだけ渡すと、あと何回会わなければならないかわからないだけに、出費が心配だ。

最初、この件が解決したら五百万円払うと宮下氏は言った。だが、その後七百五十万円になった。増えた二百五十万円内なら、使ってもいいという気になっている。この範囲を出ない限り、宮下氏には経費としても請求しないつもりだ。

主水がすぐに名刺を渡さない理由を納得したのか、朝乃は、それ以上、追及しようとはしなかった。渡された金が効いたようだ。

部屋は別々に出た方がいいからと、朝乃を先に帰らせることにした。

「電話は私から掛けますから、そちらからは、できるだけ控えていただけますか？　少しでも多く会えるように、いろいろ計画を練ってみます。これから末永く、あなたとお会いしたいんです」

主水は朝乃の手を握った。

「今日は急だったので、こんな部屋しか取れませんでしたが、次はもっといい部屋にします。また、きっと会って下さいよ」

廊下に出た朝乃を、部屋の中から見送った。

ホテルに行った翌日は故意に電話せず、火曜の午後に電話を入れると、

「あんなにたくさん……」

と、朝乃は申し訳ないという気持ちを装った。

「ほんの気持ちです。あまりたくさん渡してしまうと、まるで朝乃さんを金で自由にしているように思われて失礼かと、そう思ったものですから」

言いながら、これはいい言葉だと主水は思った。だったら、帰りに渡す金は十万円にしておけばよかったと、またもケチな考えが浮かんだが、それでは朝乃が不満に思う金額かもしれない。

好きな女に対してなら、いくら金を出しても惜しくないが、ビジネスなので、一回に、五十万、百万を、ポンと渡すわけにはいかない。それでも、金持ちらしい振りをしなければならないので、やはり二十万円ぐらいが妥当《だとう》ではないかという気がした。

「今すぐにでもお会いしたいんですが、仕事が忙しくて数日は無理です。ゴルフを口実に土日あたりはどうかと思っていますが、お会いできますか？」

朝乃はカルチャースクールの仕事のない土曜を指定した。

電話でホテルの部屋番号を伝えると、今日も朝乃は主水がプレゼントしたブローチをつけてきた。

初めて見るシルバーに輝くシルクのワンピースだ。ハイヒールも下ろしたてに見える。服に隠れているブラジャーやショーツも想像がつく。

今までのように服装を褒め、そう高くもないブローチをつけてくれることに感謝し、そのうち新品をプレゼントしますと口にした。

ワンピースを脱がせると、予想どおり、シルクのブラジャーとショーツのセットだ。それも褒め、裸に剝いた躰を褒めたたえ、前回のようにいじりまわし、法悦の一歩手前で焦らし続けた。

して、と催促され、赤いロープを手首だけでなく、全身にまわし、クロゼットの横の鏡の前に立たせた。

愛撫で桜色に染まった総身が、赤いロープにいましめられている。今回は乳房の上下にも赤いロープがまわっている。後手胸縄のいましめが、隙なく芸術的に仕上がっている。

「美しい。実に美しい。朝乃さんは完璧です。朝乃さんとこんなことができるなら、千年でも生きていたくなります」

三文芝居の台詞《せりふ》のようだが、この場では、けっこう朝乃を満足させていると実感できる。

「こうすると、ますますきれいになるでしょう？　赤い縄が似合いすぎる。恐ろしいほど色っぽくなる……鏡に映った自分の顔を見ていて下さい」

主水は背後に立ち、朝乃の躰を左手で支えると、右手で肉マンジュウに載った翳りを撫でまわした。そして、ワレメの中に指を入れて、納豆のようにぬめっている女の器官をいじりまわした。

「あう……ここじゃ……だめ」

鏡の中の艶やかな朝乃の顔が歪んでいる。眉間の悩ましい皺も、半開きのぬめった唇も、男を魅了するために装っているのではなく、主水にさんざんいじりまわされて、躰がとろとろになっているのだ。

「なんてきれいな顔だ」

「くっ！」

秘壺に指を押し込むと、朝乃の唇がさらに開き、眉間の皺が深くなった。

ベッドでは外側をいじりまわしただけだ。気をやったものの、中に太いものを入れられたくて焦れていたのはわかる。

十分過ぎるほど濡れているので、入れた指を大胆に動かし、膣ヒダを捏ねまわした。指がふやけそうだ。

鏡に映っている自分の顔を眺めた主水は、なんていやらしい男だと吹き出しそうになり、慌てて朝乃の背中に隠れ、ゆるみそうになった表情を元に戻した。

「はあああっ……ここじゃ……いや」

赤い縄化粧に装われた朝乃が肩先や腰をくねらせながら、ますます悩ましい面持ちで鏡の中の主水に訴えた。

「自分のきれいな顔を鏡で見ながら気をやって下さい。ムスコをここに入れるより、こうして気をやってもらう方が感じます。指先からムスコに直接快感が伝わってくるんです」

中指に、新たに人差し指を添え、二本にして沈め直した。

「んんんっ……」

悩ましすぎる。狸と思っていたが、くらっとしそうだ。

加勢主水、任務遂行中！

主水は自分に気合いを入れた。

二本の指を蜜壺に入れて動かしながら、親指で肉のマメをサヤ越しに円を描くようにいじりまわした。

こうやれば、すぐに絶頂を迎えるはずだ。ベッドでこってりと責め立てたので、今度はそう長く愛撫するつもりはない。

「あう……そ、そんなに……しないで」

朝乃の息が荒い。縄で絞り上げている乳房も波打っている。

「立ったままいく朝乃さんを見たい。もうすぐでしょう？　この中でマグマが噴き出しているようですよ。さあ、何回でもいって下さい。大丈夫。倒れないように支えていますから」

ぐぬぐぬと二本の指を動かして肉のヒダを擦りながら、肉のマメも包皮越しにいじりまわした。

「んんっ！」

絶頂を迎えた朝乃が恐ろしいほど痙攣した。左手で躰を支え、右の手は女壺に押し込んだまま、秘口の収縮を楽しんだ。指を食いちぎりそうなほど、きりきりと締めつけてくる。あごを突き上げて口を開けた朝乃の顔もいい。白い歯が妖しくぬら光っている。

ぐったりした朝乃をベッドに横たえ、縄を解いた。

「シャワーは？」

朝乃がようやくわかるほどに、首を横に振った。精根尽き果てている。

娘のような歳の女に負けるはずがない。主水は大狸を料理したようで鼻が高かった。だが、そんな気持ちはおくびにも出さず、湯で濡らしたタオルを二枚持ってきて、一枚で総身を丁寧に拭いた。もう一枚では、肉マンジュウを破廉恥にくつろげて、女の器官を拭いた。

「あは……」

かすかに腰がくねった。

長い愛撫で大きな花びらと肉のサヤはぐにゅぐにゅになり、指を咥え込んでいた秘口はだらっと口を開けている。気をやった後の女の器官は卑猥だ。

「あんまり疲れるといけない。今日はこれまでにしましょう。いくらでもしたいことはあるんですが」

主水は朝乃の額にへばりついている数本のほつれ毛を掻き上げてやった。

「こないだ、縄以外でも興奮することがあると話しました。その方がアブノーマルと言われるかもしれないと……もしも……もしも朝乃さんが受け入れてくれるならですが、できる限りのお礼をしたいと思っています。でも、もう会わないと言われるようで、なかなか勇気が出ません……」

主水は心許ないような口調で訊いた。

「少し休んで下さい。私も休みます。話す覚悟ができたら話します」

心底疲れたらしい朝乃が、目を閉じて眠りの中に落ちていった。

一時間ほど熟睡した朝乃が目を覚ましたのがわかると、主水も、ようやく目を覚ましたというふりをした。

いっしょにシャワーを浴びた後、二十万円を渡した。

「またこんなに……」

いくらでも欲しいくせに、朝乃は困惑気味に、しおらしく言った。

頻繁に会うたび、これだけもらえるなら、ゆすりなど無意味と思い始めているかもしれない。

「ほんの気持ちですから」

「もっと興奮することって……何ですか?」

受け入れてくれるならできる限りの礼をすると言っただけに、やはり気になるようだ。

主水はしばらく、思い悩んでいる振りをした。

「鞭や蠟燭を使ってのプレイとか、そんなものではないんです……なかなか口にする勇気がありません。まだ朝乃さんに嫌われたくないんです。この次に……」

思わせぶりに言い、主水は今日も肉茎を挿入することなく別れた。

策略上とはいえ、朝乃と本番行為をしていないので、だいぶ股間が充血している。吉祥寺のバー美郷のホステス、茉莉奈と会うことにした。ＳＭサロンにつき合わせてから、ひと月以上経っている。

ふたりでよく使う吉祥寺のラブホテル近くで待ち合わせた。

「モン様、茉莉奈、怒ってるんだから。ちっともお店に来てくれないし、電話しても忙しいしか言わないし」

会うなり、プンとそっぽを向いた。

拗ねると可愛い。

「大仕事で大変なんだ。終わったら旅行にでも行くか？」

近場の温泉でゆっくりするのもいい。

「ほんと？」

一言で機嫌が直った茉莉奈が、目を輝かせている。単純なところも可愛い。

「だから、もうちょっと我慢しろ」

「我慢する。アメリカのディズニーランドに行きたいの。嬉しいな。ディズニーランドだ。アメリカだァ。まだアメリカに行ったことないの。パスポートもあるから大丈夫」

勝手にアメリカ行きを決めている。近場の温泉を想像していただけに、主水は困惑した。

「浦安《うらやす》の東京ディズニーランドでいいじゃないか。往復の時間がもったいない」

「いや、アメリカ！　絶対、アメリカのディズニーランド！　パスポート使いたい」

まるで、聞き分けのない子供だ。

宮下氏から頼まれた仕事も終わっていない。だが、それより、どうやって茉莉奈のディズニーランド行きを諦めさせるか。その方が難しいような気がしてきた。

六章　大芝居

宮下氏は主水の事務所で緊張していた。

「今までの自分のお気持ちを素直にお出しになればいいんです。コンチクショウ、この悪党め、と思って話せばいいんです」

主水は数日前から今回の計画を宮下氏に話し、数々のパターンで、朝乃との電話のやりとりを練習させた。今日は本番だ。

「本当に大丈夫ですか……」

相変わらず宮下氏は弱腰だ。

「もう九割方上手くいってるんです。最後の仕上げに掛かったところです。仕上げるには、どうしてもあなたのお力をお借りしたいんです。依頼されていて、依頼主さんにお願いするのも変ですが、その方が完璧に仕上がるんです。後の一割は宮下さんの演技に掛かっています」

この後、主水は朝乃と会う約束をしている。その前に、宮下氏から朝乃に電話を掛けてもらい、ひと芝居打ってもらわなければならない。

「綿密に計画を練って動いています。電話は今でないと意味がありません。生涯にわたるゆすりからの解放。これから三億円以上払うかゼロにするか、それを考えると、ほんの五分か十分の電話なんて簡単なものじゃありませんか。あなたは一家の大黒柱。会社の副社長。ここで尻込みしていては男が廃《すた》ります。今こそ、男の本領を発揮する一世一代の役を演じるときです。それでこそ、男の中の男です」

少しでも宮下氏が高揚してくれるように、主水は発破を掛けた。

「途中で秘書の野島が代わりますが、奥さんにいきなりケイタイをむしり取られたということになります。あっと、驚いた声を上げてもらえばいいんです。あと、途中で合図したときのひと言です。それでおしまいです。いいですね？」

何度も打ち合わせしているが、最後にもういちど、念を押した。

宮下氏は肺一杯に吸い込んだ空気を、鼻から荒々しく噴きこぼした。

何とかその気になったようだ。

「もうじき解決です。上手くいきます。後は任せて下さい」

主水に促された宮下氏は、もう一度深呼吸すると、朝乃のケイタイに電話した。

「宮下です……文無しになってしまった……経理の不正が発覚して……先日、不渡りまで出してしまった……もうだめだ……今後、金は払えない……払えないどころか、少しでもいいから返してほしい……頭がおかしくなりそうだ……もう何もかもおしまいだ。金を返してくれ」

なかなかいい。宮下氏は悲劇の主人公になりきっている。上手く演じようとしているのではなく、破れかぶれになっているように見えなくもない。だが、このくらいで朝乃が信じるかどうか不安なところだ。金を払いたくないために、何を寝惚けたことを言っているのだと、反撃を狙っているかもしれない。あまり長くなって尻尾《しっぽ》を出すとまずい。

主水はあらかじめ用意しておいた〈思い切り大袈裟《おおげさ》に叫ぶ〉と書いた紙を、宮下氏の前に差し出した。

リアルになるように、紫音はわざと乱暴に、宮下氏のケイタイをむしり取った。

「あっ！」

宮下氏が上出来の声を上げた。

「もしもし……もしもし」

不自然さに、朝乃が問いかけてきた。

「あら、誰と話しているかと思ったら、女のようね。誰？　うちの人の愛人じゃないでしょうね。うちのは経理の女とできていて、少しずつお金をちょろまかしていたのよ！　おとなしそうにしていながら、何人女がいたやら。何か言ったらどう？　名前は？　どんな関係？　亭主の女なら慰謝料はいただくわよ。何か言ったらどうなの？　うちの亭主とどんな関係よ」

主水は次の紙を宮下氏に差し出し、合図した。

「やめろ！　ちがう！」

これで宮下氏の出番は終わった。

「この人をあっちに連れて行って！」

紫音が怒った声で叫ぶと、主水は椅子を三脚、次々とひっくり返して騒々しい音をたて、その後、用意しておいたバケツの中に、百円均一で買ってきた茶碗を五つ、次々と放り込んで派手な音をさせて割った。

「あの馬鹿亭主が欲しいなら、熨斗《のし》をつけて渡してやるから慰謝料は覚悟しておいてよ。何も言わないの？　また掛けるわよ。このケイタイは徹底的に調べてやるから。最低の男と結婚したわ。じきに別れるけど。ちょっと！　何も言わないの？　いいわ。何か言うまで何度でも掛けるから。五年でも十年でも」

紫音はそこで電話を切り、クッと笑った。

「おお、役者顔負けの演技だ」

主水が拍手した。

朝乃は騙されただろうか。簡単には騙されず、不審に思い、確認するために宮下氏のケイタイにではなく、会社に電話してみるだろうか。しかし、今日は土曜。しかもまだ十時前だ。宮下氏の会社は休みで、明後日まで連絡がつかない。それも計画の内だ。

「もう一度掛けてみて下さい。奥方にケイタイを奪われたと思っているなら取らないはずです」

「取ったら……？」

宮下氏はまた不安そうな顔になった。

「すぐに野島に渡して下さい。またさっきの続きになりますから」

宮下氏が朝乃に電話した。だが、取らないようだ。

「奥方がケイタイを奪ったと思い込んでいる可能性が大きいですね。十回ばかり、掛けては切って下さい。奥方の嫌がらせが始まったと思うでしょう」

「すぐに美味しいコーヒーを持って参りますね」

紫音が秘書の顔に戻り、丁寧に宮下氏に会釈してキッチンに消えた。

宮下氏は掛けるたびに不安そうな顔をする。そして、朝乃が出ないとほっとして切る。

十五分ばかり、何度も掛けさせたが、とうとう朝乃は出なかった。

「もう少しの辛抱です。ビデオを取り戻したらおしまいですからね。電話はもういいでしょう。ちょっと失礼しますよ」

主水は宮下氏に会話を聞かれたくないので、別の部屋から朝乃に電話を掛けた。

「川瀬です。ずっと、お話し中でしたね。お取り込み中ですか？」

「えっ……？　いえ……友達から掛かってきて、ほんのちょっと話していただけのつもりだったんですけど……ごめんなさい」

かなり混乱しているだろうが、朝乃はその素振りも見せない。たいした女だ。

「いえ、こちらこそ、約束の時間も決めているのに、こんな時間にお電話してしまい、すみません。正午にまず食事ということにしていましたが、待ち合わせの予定を早めるわけにはいきませんか？　新品のブローチもプレゼントしないと、アンティークの店で買った物では申し訳ありませんし。女性はいろいろ準備がおありでしょうが、一時間でも……いえ三十分でも早くお会いできませんか。明日までいっしょにいられると思っても、お会いしたくてたまらなくなりました。こないだの喫茶店でお待ちしています。三十分後には着いていますので」

「えっ……そんなに早く……？」

朝乃は困惑している。

宮下氏と、その妻かららしい電話に混乱し、順序立てて考えようとしたときに主水から電話が掛かり、すぐに会いたい、先に待っていると言われては焦るだろう。

もう少し早く会えませんかと尋ねては、予定どおりにしたいと言われることもあり得る。三十分後には待っている、と一方的に言われた朝乃は、金離れのいい男と思い込んでいる主水の要求を無下《むげ》にできないだろう。少しでも早く行くしかないと考えるはずだ。

「約束は正午でしたから、私が勝手なことを言っているのです。でも、少しでも早く会えることを楽しみにしています」

主水はさっさと電話を切った。

朝乃は十一時少し過ぎに喫茶店に現れた。主水は全身で喜びを表した。

宮下氏には、朝乃から電話が掛かってきても取るなと言ってある。だが、もし朝乃が完全に騙され、宮下氏のケイタイが妻の手に渡ったと思い込んでしまったのなら、自分から掛けることはないだろうし、掛かってきても、怒り狂った妻からだと思い、取らないかもしれない。

これでメデタシメデタシなら簡単だが、ゆすりのネタにされているビデオを取り戻さなければ、万一、今回の嘘が露見した場合、宮下氏は再びゆすられることになるかもしれない。それでは、元の木阿弥《もくあみ》だ。

「気持ちが昂ぶって電話したものの、ここで待っている間、せっかちなことをしてしまったと反省していたんです。でも、やっぱり正午にしましょうなんて電話は掛けられませんでした。ご用はなかったんですか？」

「ええ……私も早くお会いしたかったものですから、嬉しかったです」

朝乃が微笑した。

もし、あの電話を受けて動揺していないなら、たいした女だが、おそらく精一杯、平静を装っているのだろう。

「勝手な男と責められるかもしれないと思っていましたが、そう言っていただけると、たとえ社交辞令でも嬉しいです」

「社交辞令だなんて……」

朝乃は、すでにあんなことをしていながら……とでも言いたそうな、恨めしげな色っぽい顔で主水を眺めた。宮下氏はこの表情に騙されたのだ。

「明日の朝まで一緒にいられると思うと、いつもより昂ぶります。アメリカ在住の友人が帰国してきて、温泉に行きたいと言っているので同行するということにしています。本当に先週、帰国したんです。妻の嫉妬深さはよく知ってる友人ですし、少しぼっとしたいからと言うと、快《こころよ》く聞き入れてくれました」

「朝まで一緒にいられるなんて嬉しいわ」

「まず、気の利いた新品のブローチかネックレスでも買いに行きましょう。それから食事にしましょうか。今夜は寝かせませんよ」

主水は自分で言っておきながら、歯が浮くような最後のひと言にじわりと汗ばんだ。

アクセサリーの値段は上限がない。

好きな女になら、五十万のものでも百万のものでも買ってやるが、朝乃にはそうはいかない。必要経費だったと言って宮下氏から貰うにしても、できるだけ抑えたい。

最初から、二十万円までと決めていた。そのくらいの値段のもので似合うと言って褒めておけばいい。時間があるときに、またプレゼントしたいと言えばいい。

デパートで、黒真珠がひとつだけついたペンダントの値段を見た主水は、どうしてもそれをつけてもらいたいと言い、朝乃も気に入ったようで、ほぼ予算どおりで済んだ。朝乃の今日の服にも似合う。

ワンピースだが、遠目にはブラウスとスカートに見える。胸までの部分は白で、スカート部分は黒。しかも、ちがう材質を組み合わせてある。スカートにはシャーリングが入っており、ぴったりと腰を包んでセクシーだ。ブラウス部分は深いVライン。これもなかなか色っぽい。

朝乃はダイヤのペンダントをしていたが、大きな黒真珠の方がインパクトがある。スカートも黒なのでぴったりだ。朝乃は主水が金を払うと、その場で黒真珠のペンダントにつけ替えた。

目立たないビルの地下の、しかし新鮮なネタの置いてある寿司屋で昼食を摂《と》った。

店を出ると離れて歩き、チェックインして先に入室した主水の十分ほど後から、ケイタイで部屋番号を聞いた朝乃がやってきた。

「やっぱり、そのペンダント、似合いますよ。朝乃さんにとっては安すぎるかもしれませんが、似合うのがいちばんだと思います」

「こんな高価な真珠を買っていただいて、何とお礼を言ったらいいのか」

そう言った朝乃は、ドア近くの全身が映る鏡に躰を向けた。

「嬉しい」

真珠を指先で触れ、鏡に映っている主水に笑みを向けた。

朝乃が本気で俺に惚れなければいいが……。

主水はちらっとそう思い、まさかな……と苦笑した。

「そのペンダントをつけたまま括りたい気がするんですが、真珠は汗に弱いですからね。今日は我慢して外しますよ」

後ろに立ち、ペンダントを外した。

うなじからふわりと朝乃の香りが漂い、妖しく鼻腔をくすぐった。

「括られると……恥ずかしいわ……」

朝乃はしおらしく言った。

「括られると、肌が敏感になって、細胞という細胞が性感帯になるでしょう?」

「いやだわ……」

鏡に映っている朝乃が、恥じらうように視線を落とした。

ぞくっとするほど艶《なま》めかしい。本当にこんなに恥じらい深い女なら、本気で惚れてしまうかもしれない。

服だけでなく、銀色の光沢を放つシルクのインナーも脱がせてやり、ベッドに入った。

「今日はこれを入れて……」

主水の股間の物に、朝乃は今までになく積極的に手を伸ばした。

「それは、きれいに縄化粧させてもらった後で」

主水は穏やかに言い、やんわりと朝乃の手を遠ざけた。

「もっと他に……したいことがあるんでしょう？　どんなこと……？」

朝乃から口にされ、主水は内心、ほくそ笑んだ。前回会ったときも、言いづらさを装って話さなかったので、朝乃は余計に気になっているようだ。

いいタイミングで訊かれ、笑みがこぼれそうになった。それをぐっと抑え、主水はまだ迷っているという表情を浮かべた。

「女性を括って興奮するということすら、世間一般の人には理解してもらえないでしょう。まして……」

主水は言い淀《よど》んだ。

「聞きたいわ……恐いことかしら……」

人は好奇心の塊《かたまり》だ。覗くな、と張り紙されたところに小さな穴があれば、覗きたい衝動に駆られるのと似ている。

「まず、シャワーにしましょう。軽蔑されて、すぐに帰ると言われると後悔《こうかい》します。シャワーの後で括らせて下さい。そうやって楽しんだ後で、お話しします」

これでもか、これでもかというほど、朝乃が聞きたがっている話を先延ばしにした。

シャワーの後、今までしなかった開脚縛りを施すことにし、朝乃と一緒に浴室に入る直前、用意しておいた肉茎の形をした黒い淫具も枕の下に隠した。

両手首を縛り、乳房がひねり出されるような胸縄をするのは、今までと同じだ。

「今日は美しい脚も括らせてもらいます。朝乃さんが心底悦んでくれるように、何度でも気をやってくれるように、これまで以上に慎重に扱わせていただきますから」

安心するように、丁寧にお願いする姿勢は、いつもと変わらない。

朝乃の右膝の少し上の太腿に、独楽《こま》をまわすときの紐を巻くように、きれいに赤い縄を三巻きした。余っている縄を背中にまわし、太腿が開くように、すでにまわっている胸縄に絡めた。

「あっ」

右脚が開き気味になったまま動かないと気づいた朝乃が、小さな声を押し出した。

さらに背中に絡めた縄を左脚に持って行き、右と同じように、芸術的にきれいに三巻きして留めた。

朝乃の太腿のあわいが直角に開いたまま閉じられなくなり、肉マンジュウを露わに晒した。

「ああ……いや」

閉じられない脚を閉じようとする仕草は可愛い。本当に恥ずかしいようだ。

「何と色っぽい……朝乃さんが恥ずかしい顔を見せてくれるほど、昂ぶります……朝まで何もしないで、この姿を見ているだけで幸せです」

主水は大感激の顔をした。

放置プレイなどと言われるものがあり、括ったまま放置しておくものだが、拘束の仕方によっては命の危険がある。血流が悪くなり、最悪の場合、死に至る。

SMプレイは、好奇心だけではやってはならない危険すぎる行為だ。放置して何時間かして戻ってきたら死んでいたということもあり、知識がなくては殺人を犯してしまう。主水はそのくらいの知識はあった。

「だめ……脚は……解いて」

金払いのいい主水に安心しきっているとわかるが、股間を隠せなくなり、両手も使えないとあって、さすがに朝乃も焦っている。

「きれいな下のヘアですが、こうして見ていると剃《そ》ってしまいたくなります。剃らせてもらえませんか」

「だめ！」

他にも男がいるだけに、それは困るだろう。わかっていてわざと言ってみたが、だめと言われると、よけい剃毛したくなる。

「また生えてきます。剃らせていただけませんか」

宮下氏をはじめ、気弱な男達を騙してきた罪滅ぼしのために、頭を丸めて詫びろという気持ちだ。だが、下の毛を剃る方が面白い。

「駄目ですか……好きな人でもいますか……？　だったら、剃るわけにはいきませんよね」

次でもいいかと、主水は簡単に諦めた。無理はよくない。しかし、次は絶対に剃ってやると、腹の中でほくそ笑んだ。

「やめましょう。朝乃さんが本当にいやなことはしたくありませんから」

主水は朝乃の総身がデスクの前の鏡に映るようにすると、後ろにまわって胡座《あぐら》を掻いた。

「美しい……実に美しい。ご自分の姿をご覧になって下さい。括られた方がきれいでしょう？」

感動しているというように褒めながら、女の器官をいじりまわした。

花びらと、その脇の肉の溝に触れているだけで、蜜がどんどん溢れてきた。太腿を閉じられない朝乃は、眉間に悩ましい皺を寄せ、口を半開きにして尻をくねらせ、喘ぎ続けている。

またも肝心なところには触れず、法悦が来る寸前で焦らし続けた。

「あう……もう……もうだめ……そんなに……しないで……だめ……ああう……して……入れて」

蜜が会陰をしたたり落ち、シーツにシミを広げ始めた頃、朝乃はだめと言っては、してと言い、洩らしたようにうるみを溢れさせながら身悶えた。

「ちょうだい。入れて。今日は入れて」

主水もズブリと押し込みたいところだ。だが、緊縛していると本番はやりにくい。今日の縛りもそうだ。かといって、さっさと解いて本番というのも間が抜けている。枕の下に隠しておいた黒い淫具を取り出した。

「これを私のものと思っておしゃぶりして下さい。それから入れて差し上げます」

コクッと喉を鳴らした朝乃の唇のあわいに、亀頭の部分を押しつけた。

「入れないでいいんですか？　もうおしまいにしてひと休みしますか？」

淫具を引こうとすると、諦めのいい主水がさっさと中断してしまうと思ったのか、朝乃は舌を出して亀頭を舐めた。それから、顔を突き出し、ぱっくりと卑猥な玩具を咥え込んだ。

主水が淫具を動かさないので、朝乃は首を出したり引いたりしながら、猥褻な口戯を繰り返した。

淫具を咥えて丸くなった唇は、想像以上にいやらしい。主水の肉茎がクイクイと反応した。

「フェラチオもお上手ですね。そろそろ入れたくなりました」

主水は鏡を見ながら、てらてらと銀色にぬめ光る女の器官に、朝乃の唾液がまぶされた淫具を押し当て、秘口の底へと、ゆるゆるとねじ込んでいった。

「んんっ……はあああっ」

妖艶なオーラをまき散らしながら、朝乃が主水の股間を疼かせる喘ぎを洩らした。

何度も気をやった後に、やっと破廉恥すぎる開脚縛りから解放された朝乃は、しばらく虚《うつ》ろな目をしていた。

横になった朝乃に寄り添った主水は、やさしさを伝えるために手を握った。

「完璧です。朝乃さんは素晴らしい。会えば会うほど、より破廉恥なことをしたくなります。破廉恥なことをされる朝乃さんは恐ろしいほど美しくなるんです」

主水は感激の口調で美辞麗句を並べた後、突然、沈黙した。そして、しばらくして、溜息混じりの息を吐いた。

「……もうひとつのことを聞き入れてもらえるなら……ビルのひとつやふたつ、渡したいくらいだ」

「ビルをお持ちなの……？」

気怠《けだる》そうな口調だが、ビルを持っているらしいと知り、食指が動いたようだ。

「たいしたビルじゃありません」

「ね……どんなことに興味がおありなの？　言いづらいことって？」

ビルの持ち主ということも効いたのか、朝乃から尋ねてきた。

「軽蔑されるようで……」

主水はひととき押し黙った。

これからが勝負だ。

「軽蔑だなんて。決してそんなことはありません。聞かせて。私に叶《かな》えて差し上げられることかしら」

「実は……いや」

また口を閉ざし、迷っている振りをした。

「教えて。役に立ちたいわ」

そろそろ頃合いかと、主水は判断した。

「私の趣味はＳＭだけじゃなく、好きになればなるほど、その人を他の男に抱かせたくなるんです。好きな人が他の男に抱かれる想像をするだけで嫉妬して狂いそうになるのに、抱かれているところを見たくなるんです。矛盾《むじゅん》していると思われるでしょう？　自分にもわかりません。でも、これは説明できることじゃないんです。女を括ってどこが面白いんだと言われても、説明のしようがありません。興味のない人には理解できるはずがないんです」

　予想外のことだっただろう主水の言葉に、朝乃は気怠さを漂わせている中で、驚きの表情を見せた。

「軽蔑しますか？　どうしてこんな性癖を持つようになったのか自分でもわからないんです。こういうものは生来のものなのかもしれません……」

　主水は溜息をついた。

「しかも、好きな人が抱かれるのを目の前で見るんじゃありません。堂々と目の前で見せてくれる人などいないでしょうしね」

　主水は無理に笑っているように装った。

「相手の男性にわからないようにこっそりと撮ったビデオを、好きな人と一緒に見ながら、嫉妬に狂いそうになる中で愛撫するのが、私の最高の快感なんです。だから、軽蔑されるのを承知で言いますが、朝乃さんを初めて見かけたあのサロンで電気が走るほどの衝撃を受けて一目惚れしたとき、一緒にいた人はご主人だろうと嫉妬して、すでにあのとき、ふたりが睦《むつ》み合っているビデオを見ながら、私が朝乃さんを指や口でとことん愛撫して、その後ひとつになる想像をして昂ぶっていたんです。それから毎日、そうでした。今だから告白しますが……だから、再会できたときの驚きと嬉しさは言葉では言い表せません。でも、あの喫茶店で知り合いと会ってしまったときは、天国から地獄でした。やはり縁がないのかと思いました。でも、渋谷で偶然お会いしたときは、運命の出会いだと確信しました」

本気で好きな女に、こんなことを言ってみたいと思いながら、主水は熱く語った。

朝乃はかすかに唇を開いたが、何も言わなかった。予想もできなかったことを言われ、言葉が見つからないのだろう。

「美しい女体を赤いロープで括ると興奮します。でも、それより、好きな人が他の男に愛されている画像を見ながら愛撫する方が、私にとって、どんなプレイより興奮するんです。今まで二度だけ、それができました。でも、それを実行してくれた女性は、そんなことをさせる私のことが理解できないと、結局、去っていきました。どんなに哀しかったか。一生面倒を見てもいいと言ったのに、これ以上、堪えられないと。別れ際、悲しませた慰謝料にと、まとまった金を渡そうとしましたが、それさえ受け取ってもらえませんでした」

主水は淋《さび》しげに笑った。

「朝乃さんほどの魅力のある人なら、ご主人を亡くされた後、きっと、それなりの人達とつき合ってこられたのだと思います。そんな中に、朝乃さんとのプレイをビデオに収めたいと言った男はいなかったんですか？」

今度は、朝乃に強い視線を向けた。

朝乃が慌てて首を振った。

「残念です。最初にあなたをお見かけしたときの男性と、何でもないということでしたが、きっと彼は朝乃さんに興味がありますよ。あの人とでもいい。プレイしている画像を撮って、私に見せていただけませんか。相手がいやがったら、こっそり撮ればいいでしょう？　もし、見せてくれたら、礼金を払います。あ……すみません。お金で何とかしようとしていると思われたら、ますます軽蔑されるかもしれませんね。でも、嫉妬に狂いながら朝乃さんを抱いてみたいんです。朝乃さんとこうなって、他の男に指一本触らせたくないと思っているのに、朝乃さんが他の男に抱かれて声を上げているところを想像すると、自分の躰が火になって燃え上がりそうになるんです……」

主水は熱っぽい目を朝乃に向けた。

早々にこんなことを言っては不自然に思われ、怪しまれる。これを信じ込ませるために、金を使い、本番なしで緊縛し、愛撫してきた。どちらが本当の詐欺師になれるか勝負だと思うと、楽しくもある。

「今は何も言わないで下さい。いいんです。呆れて何も言えないのはわかっています。今日でなくても、明日にでも気持ちを聞かせていただければいいんです。初めて一緒に朝までいられるんです。今は楽しく過ごしましょう。シャワーを浴びたら、少し休みましょうか」

主水は朝乃の手を握って、浴室へと促した。

「川瀬さんはまだアチラ……枯《か》れていないのに……しなくても大丈夫……？」

シャワーの後で躰を拭いてやっていると、朝乃が、遠慮深げに、恥じらいを伴った顔をして、そっと訊いた。

「一方的に愛せるだけで満足なんですよ。私の我が儘を聞いてくれてありがとう」

主水は感謝を述べた。

まだ一度も合体していない。精を噴きこぼしたい欲求はあるが、朝乃を騙していると思うと、最後の部分でブレーキが掛かる。

男と女は騙し合いだと思っても、今の場合、ホステスが客を騙すのとは訳がちがう。離婚する気もないのに、夫婦仲が悪いなどと言って女を口説《くど》く男の狡《ずる》さともちがう。

ともかく依頼のビデオを取り戻すことができたら、すぐにでも別れ、二度と再会しないように祈りたい女だ。指と口だけで満足させ、合体を避けておけば、主水としては後味が悪い思いをしなくて済む。合体しないのは、主水にとっての朝乃に対する最低限の倫理的行為だ。

「夕食はまだまだ先です。少し眠って、それから、また括っていいですか？　朝乃さんは縄が似合い過ぎるからいけないんです。だけど、欲張りすぎると嫌われるかもしれないし、心配になります。こんなに夢中になったのは初めてです。今までも魅力的な女性に夢中になってきたつもりでしたが、すべての人が色褪せました。こんなに素敵な女性がいたなんて。だから、私にとって最高のことを望んでしまうんです。さっき言ったこと、軽蔑していますか……」

ベッドに戻った主水は、また朝乃の手をやんわりと握り、不安げに訊いた。

「その望みを叶えて差し上げたら……？」

「えっ？　本当ですか」

主水は声を震わせるようにして言った。

「あなたの誠実さはわかっています。真剣な願いというのが伝わってくるんです……」

朝乃の言葉に下心があるのはわかっていても、もう一息だとわくわくした。

「私の理不尽とも言える願いを叶えてくれると言うんですか……どんなお礼をすればいいんですか……他の男に抱かれている朝乃さんの姿を、ビデオで見たいと言ってるんですよ。そんなビデオが欲しいと言っているんですよ。本当に叶えてくれるんですか」

主水は鼻から荒い息を噴きこぼし、興奮に喘いでいるように装った。

「実は……いつかサロンにご一緒したあの人に言い寄られたんです……」

「やっぱり。朝乃さんに惚れない男がいるわけがない。当然です」

「一度だけなら、そういう関係になってもいいかと。いえ、川瀬さんのためにです。あの人が好きなわけじゃありません……好きならとうに……」

どうやら朝乃は、宮下氏を脅していたビデオの値打ちがなくなったのなら、主水に提供した方が得だと考えたようだ。あのビデオは妻に送るわけにもいかなくなっている。妻を装った紫音が、慰謝料を請求すると脅したためだ。

すでに宮下氏と一線を越えていながら、朝乃はこれから宮下氏と関係を持ち、こっそりビデオを仕掛けるという筋書きにするようだ。

「好きでもない男に抱かれてくれるんですね。私のアブノーマルな嗜好《しこう》に応えてくれるんですね。夢を見ているようです。想像しただけで息苦しくなるほど昂ぶってきました」

いっそう荒々しい息を吐いた主水は乳首に吸いつくと、片手で赤いロープに手を伸ばし、これまで以上に破廉恥に縛り、朝乃がへとへとになるまで総身をいじりまわさなければと、闘志を燃やした。


仕事の多忙さを理由に、朝乃に半月以上会えなくなると言っておいた。毎日、宮下氏からは朝乃のケイタイに電話してもらっていたが、一度も取らないという。

そして、ついに、「おかけになった電話番号への通話は、お繋ぎできません」と返ってくるようになり、朝乃が宮下氏の妻からの嫌がらせ電話と思い込み、迷惑電話サービスを使うことにしたのがわかった。それを報告してきた宮下氏の声は、以前より明るかった。

主水も毎日、朝乃に電話した。いかに会いたいか、赤いロープの食い込んだ朝乃の肌を思い出すと、現実を捨てて、ふたりだけの世界に逃げて行きたくなるなどと、相変わらず自分でも鳥肌立つような言葉を並べ立てた。そして、最後に、遠慮しながら、本当に無理な望みを叶えてくれるのかと訊くのも忘れなかった。

半月後の久々の逢瀬のとき、朝乃は宮下氏とのＳＭプレイの映ったビデオを持ってやって来た。

アブノーマルの気はないのに、朝乃に頼まれて言われるままに何度かプレイしたというだけあって、宮下氏の動きは鈍く、縛りも拙《つたな》い。元々、女とのつき合い同様、手先も不器用なのかもしれない。目をつぶりたくなるほどはらはらする場面が多い。

朝乃はいかにも宮下氏の求めでやっているというように、ときどき切なさそうな顔をするが、主水がいじりまわして責めているときに見せる切羽詰まった表情とは明らかにちがう。完全に芝居だ。

つまらないプレイだが、主水は今まで以上に興奮している様子を見せなくてはならず、大袈裟に荒い息をしている自分に滑稽さを感じた。

つまらないビデオを見た後、どんな緊縛にしようかと考えた。朝乃とのプレイも終わりに近い。前回しなかったことを決行しようと考えた。しかし、それより先に考えないといけないことがある。あと何本、朝乃が宮下氏とのプレイを隠し撮りしているかだ。何本もあるなら困るが、宮下氏が言うには、一本だけということだった。

たった一本のこんなビデオで、毎月五十万も払っていたのかと呆れるが、宮下氏とすれば、家族に露見すれば一生が台無しになるという、とてつもない爆弾なのだ。

前回は、肉マンジュウ丸出しになり、股間が閉じられなくなる卑猥な開脚縛りにしたが、今回は簡単に後ろ手に縛って、両腕を拘束するだけにした。

「朝乃さんには赤い縄が一本、どこかにまわっているだけで神々《こうごう》しいほど輝きます」

またもいい加減なことを言って褒めた。

両腕を拘束されただけで肌が敏感になっている朝乃を、女の器官に遠いところからねちねちといじりまわした。

元々濡れる女だが、いっそう花液が溢れやすくなった。朝乃は主水とのプレイが気に入って、本当に興奮しているとしか思えない。

真剣に惚れられたら困るぞ……。

主水はまたも、そんなことを考えた。

頭の先から下腹部へと、胸も背中もいじったり舐めまわしたりした後は、太腿や足の指まで愛撫していった。

大サービスに唾液が涸《か》れそうになり、そろそろ淫具に助けてもらうことにした。

たっぷりと濡れ、ナメクジが這っているように銀色のうるみを湛《たた》えている肉の祠《ほこら》に、淫具を、ぐにゅう～っと、ねじ込んでいった。まっすぐに貫くより、ねじ込むようにして挿入するのが好きだ。よりいやらしいことをしているように感じる。

秘口を淫具の形に丸く開けて、深々と呑み込んでいく光景は猥褻だ。

「はあああっ……」

朝乃は何とも心地よい喘ぎを洩らした。

女壺の奥まで押し込んだからといって、速い抜き差しはしない。焦れるようにゆっくり動かして催促させたり、乳首をバイブレーターで嬲ったり、特に敏感とわかったうなじを舐めまわしたりした。

「はああっ……ああう……あは……あはあ……」

朝乃の喘ぎは絶えることがない。

淫具を押し込んだまま、花びらや会陰、肉のマメを包んでいる細長い包皮を、指でそっといじった。

「あ……」

朝乃の微妙な変化で、一気に押し寄せる大きな絶頂ではなく、やり方次第で何十回でも押し寄せてくる静かな波が訪れたのがわかった。

「んん……あは……んんんっ」

朝乃は半開きの唇から甘やかな喘ぎを洩らしながら、夢の中を漂っているような表情を浮かべている。

女が悦ぶ連続するエクスタシーを維持するには、微妙な喘ぎを聞き分けながら、自分の動きを調整しなければならない。刺激が過ぎると一気に大きな波が押し寄せてきて漣《さざなみ》の悦楽は消滅するし、刺激が弱いとやさしい絶頂は終わってしまい、かえって欲求不満にさせてしまう。

永遠に続くような穏やかな女の絶頂を連続させるのは、若い男には無理だ。歳を重ねたからといって身につくものでもないだろう。勘のよさや女への興味、器用さなど、いくつものものが揃っていなければ無理かもしれない。

女歴五十年以上の主水は、どうだと言わんばかりに、匠《たくみ》の技を駆使《くし》して朝乃を責めたてた。

「はああっ……溶ける……ああう……そんなにされると……もう……だめ」

総身を桜色に染めた朝乃を眺めた主水は、一度は女になって、こんな快感の極みを体験したいものだと思った。

そろそろいいだろうと、ほとんど動かさなかった淫具の出し入れを速め、とどめに、ぬめりにぬめっている肉のマメを、包皮越しにグイと指の腹で押した。

漣が大波に変化し、朝乃に今までとちがう巨大な絶頂をもたらした。

「んんっ！」

朝乃は胸を突き出し、背を反り返らせ、眉間に深い悦楽の皺を刻んで果てた。

主水は朝乃の絶頂が収まるのを待った。縄は解かなかった。

「まだビデオに興奮しています。嫉妬しています。あの人以上に朝乃さんを愛したいんです。何度見ても興奮するでしょう。でも、この人との二本目のビデオも、そのうち見られますよね？　また抱かれてくれますよね？」

額の汗を拭ってやりながら訊いた。

「だめ……」

気怠い口調だ。

「どうして」

「好きでもない人と……こんなことをするのは……いや。一度だけ……」

朝乃は、やっとというように口を動かした。

「もう一度だけ、無理ですか。この人は間違いなく朝乃さんに惚れているじゃありませんか。括られるのがいやじゃないでしょう？　いくらでも出します……あ……すみません……こんなことをお金と引き替えになどといったら軽蔑されますね。こんなことをされると、ますます夢中になるんです。人が容易《ようい》に受け入れてくれない私の希望を、こんなに早く叶えてくれたじゃありませんか。こんなに早く動いてくれるなんて思ってもいなかったんですよ。震えるほどの嬉しさです」

「この人とは……もういや。でも、どうしても……どうしてもというなら……」

朝乃は哀しげな顔を装った。

「他の人となら……」

そのひとことで、宮下氏とのビデオは今日の一本しかないと確信した。あとは、ダビングしているかどうかだ。

「無理を言ってすみません。今日のビデオだけでも宝です。何度でも見たいです。大切なものなら、ダビングもしてあるでしょうね。朝乃さんの手元にこれがあるなんていやです。ひとりで見られるのはいやです。全部、私に下さい。金は払います」

「これだけ。だって、川瀬さんのためにこんなことをしたの。手元に置いておくのもいや。そんな必要はないもの」

金を払うと言ったので、ダビングがあるなら出そうとするはずだ。ダビングもしていないと確信し、安堵した。

「これだけですか。じゃあ、なくしたら大変です。まずは明日、貸金庫に預けます。今日、持って帰ってかまいませんか？　まさか、こんなに早く願いを叶えてくれるなんて思ってもいなくて、財布には現金が、五十万しか入っていないんです。家人に不審を抱かれないように、朝乃さんとの時間でカードを使うわけにはいきませんし、ホテル代などの払いもあり、今夜は四十万だけでいいですか？　次にもっと用意してきますから。はした金で済ませるわけにはいきませんし」

「いつもたくさん戴いて……大丈夫……？　もうずいぶんと戴いたわ」

しおらしく訊いているが、ほくほくしているはずだ。金はいらないと言わないところが可笑《おか》しい。金払いのいい主水から、先々、相当な額が入ってくるとほくそ笑んでいるだろう。

万が一、カメラでも仕掛けられて隠し撮りされないように、朝乃のバッグや紙袋は、入室のたびに主水が親切を装ってクロゼットに入れるようにしているが、たとえ隠し撮りされても、宮下氏のように困ることはない。けれど、そういうものは存在しない方がいい。

朝乃にはブローチとペンダントで三十万。あとはホテルに入るたびに二十万ずつ払ってきたが、まだ数回だ。今日の四十万を入れても、他にはホテル代とわずかな食事代しかかかっていない。

元々、五百万円の成功報酬だったのを、宮下氏が七百五十万円に奮発してくれることになったので、上乗せ分を朝乃に使ってもかまわないと思っていた。まだその範囲内だ。今日が朝乃に会う最後になるだろうし、まずまずだ。

「こないだは諦めましたが、こんなビデオを見せられたからには、どうしても朝乃さんのアソコを剃りたくなりました。朝乃さんがいやと言っても、今夜はつるつるにさせてもらいます。赤ん坊のようになったそこを見ながら、いやらしい玩具を入れて、朝乃さんの悩ましい顔を見たいんです」

主水はブリーフケースから、T字剃刀《かみそり》やシェービングクリームを出した。

「だめっ！」

本気で朝乃が慌てている。

両手を後ろ手にいましめているので、行動は限られている。ベッドから逃げられても、まさかそんな姿で廊下に飛び出すわけには行かないだろうし、鍵も開けられないだろう。

主水は洗面所で濡れタオルを用意して戻ってきた。朝乃は窓際に逃げている。

逃げられると思うか。観念しろ。オケケを丸めて今までのことを反省しろ……。

主水はニヤリとしてそう言いたかったが、哀しそうな表情をした。

「私をヘンタイと思っているんでしょう？　ええ、ヘンタイです。朝乃さんが、そうさせるんです。朝乃さんのせいです。戻ってきて下さい……無理にここに引っ張ってきたりしたくないんです。あんなビデオを見せられてしまい、もう私の思いは止まりません」

「いや……」

「これでおしまいですか……もう駄目ですか……私の行為には、これ以上、ついてこられませんか……傷つけたりしません……これまでもそうでした……だめですか……ようやく理想の人に会えたと思ったのに、やっぱり拒絶されるんでしょうか」

必ず朝乃が自分の脚で戻って来ると確信しながら、主水はベッドの縁に力なく腰掛けて、大きな溜息をついてうつむいた。

朝乃がやってきたのは、それから間もなくだった。

朝乃から回収したビデオを宮下氏に渡し、主水の事務所の一室にひとりにし、確かめてもらった。宮下氏が恥じないように、主水はビデオを見ていないことにしている。

「これだ、これです……」

部屋から出てきた宮下氏は信じられないという顔をしている。

「やった！ やったぞ！ 凄い！ 加勢屋さん、夢を見てるようです！」

宮下氏は不意に、主水が唖然とするような歓喜の声を上げた。

「これをどうやって手に入れたんです。あの朝乃が、すんなり渡してくれるはずがないです。加勢屋さんを信じたいと思ったものの、無理だと思っていました。倒産するような芝居をしたものの、いつまた倍になってゆすられるようになるかと、いつも不安でした。まさか……」

そこで、宮下氏がコクッと喉を鳴らした。

「泥棒に入って家捜しでもして……」

「そんな低次元のことはしません。しっかりと手渡ししてもらいました。騙し騙され、最後に勝利したのが私どもだということです。金に目が眩む者は金で騙されるものです。他に隠し撮りされたテープはないようです。これでよろしいですね？　成功報酬は振り込みになさいますか？」

「とんでもない。女房に知られたら大変です。証拠が残らないように、現金でお渡しします。それで、最初にお話ししましたが……」

「ええ、まず五百万。後は五十万円ずつの月賦《げっぷ》ですね。必要経費も少し加算されます。解決までに一カ月は無理でも、二、三カ月もあれば何とかなると言いましたが、二カ月かかりませんでしたね」

主水は余裕の笑みを浮かべた。

「そういえば、娘さんはお元気ですか。あの大地震がきっかけで、この仕事をお引き受けすることになったんでしたね」

可愛い菜緒の顔が浮かんだ。いじった秘部の感触も思い出した。

「昨日、菜緒がやって来て、あの日、あなたにお世話になったから、食事でもご馳走したいと言っていました。実は、それを口実に、多めの小遣いをせびられただけだと思うんですが。電話、掛かってきましたか？」

「いえ、まだ」

そう言っているときに、偶然、菜緒から電話が入った。

「娘さんからのようです」

「私がここにいるのは内緒に……」

「むろんです。あなたに会ったのは、あの日が最初で最後」

主水はそう言ってケイタイを取った。

宮下氏は加勢屋の事務所で、恐怖のビデオを処分していった。持ち帰れるはずがないし、どこで処分したらいいかわからないようで、一緒に破棄《はき》した。宮下氏の顔は晴れ晴れしていた。

宮下氏がいなくなると、近づいてきた勇矢が、面白くなさそうな顔をした。

「社長、なかなかやりますね。彼女と、とことん楽しんだあげく、メロメロにして奪ったなんていうんじゃないでしょうね。何回ぐらいしたんです？」

「したって、何のことだ」

苛立たせるために、わざと惚《とぼ》けた。

「ヘンタイセックスに決まってるじゃありませんか」

単純な男なので、想像どおり、ムッとしている。

「ヘンタイセックスと言うが、女を縛ってやるのは面白いぞ。そうか、おまえには知能プレイは無理だと証明されていたな。サロンで呆れたことを言ったしな」

主水はクッと笑った。

「あんなことをするのは、自分のものに自信がないからですよ。自信があればムスコだけで十分です。社長の歳だと、女を縛ってバイブを使えば楽でしょうけどね」

皮肉が可愛い。

「あの女のオケケもつるつるに剃り上げてきた。生え揃うまでは男とできないはずだ。悪女も、アソコがつるつるになれば可愛いもんだぞ」

主水の言葉に、勇矢があんぐりと口を開けた。

朝乃には相変わらず毎日、電話して、美辞麗句を並べ立て、早く時間を見つけて会いたいし、ビデオのお礼もしなければと思わせぶりに話していたが、十日目に完全に仕事を打ち切ることにした。

「朝乃さん、大変なことになりました！」

主水はいつにない早口で言った。言いながら、剃毛して十日経ち、アソコの毛も少し伸びてチクチクしているころだろうと可笑しかった。

「どうなさったの？」

「朝乃さんに夢中になったあまり、油断していました。妻に不審に思われ、探偵事務所に尾けられていたんです……朝乃さんとのホテルの出入りや食事の写真など、膨大《ぼうだい》な量を隠し撮りされていました……」

「えっ……？」

「朝乃さんのことも調べたようで、住まいは中目黒とか。私はまだ朝乃さんから苗字も聞いていないのに、名前は清水朝子と言われました。朝乃というのは本名じゃないんですか？」

朝乃が押し黙った。

「朝乃さんは渋谷のカルチャースクールでペン字講師をしていて、週に二回教えているとか。知らないことを次々と言われただけでなく、たくさんの朝乃さんとのツーショットの写真に、私は頭が真っ白になりました」

朝乃は間違いなく困惑しているだろう。

「妻から言われたんじゃないんです。阿漕な探偵に頼んでしまったようで、その探偵が、妻にバラされたくなかったら金を出せと脅してきたんですよ。つまり、平穏無事に会社を経営していきたいなら、妻には今回の調査結果として、疑うことは何もない清廉潔白な生活を送っていると報告すると言うんです。だから、まとまった金を出せと。五千万と言われました」

主水は朝乃に聞こえるような溜息をついて見せた。

「そんな大金は出せないと言うと、朝乃さん、あなたに話をしてみるなどと言い出したんです。カルチャースクールのまじめな講師という顔をしていながら、不倫をしているのはいかがなものかと。そして、朝乃さんは私以外の男性ともつき合っていると言われました。きっとビデオの人で、私が頼んだからだと忸怩《じくじ》たる思いがしましたが、複数いるというんです。そんなことはありませんよね？　歌舞伎町に近いSMサロンに男と入っただの、その男とは別の男とラブホテルにも行っているだの、私には嘘としか思えないことを次々と言われました」

朝乃は相当驚いているだろう。言葉が返ってこない。

「聞いていますか？　私は朝乃さんだけは守ります。朝乃さんに金の工面をしてみると言い出した探偵に、それだけはやめてくれと言いました。私が金は何とかすると言うと、朝乃さんには近づかないかわりに、一億にしようと言われました。そんな金を動かしたら、妻に遠からず知られてしまいます。その金を朝乃さんに渡せるなら本望ですが、悔しいです……」

主水は洟をすすった。

「朝乃さん……朝乃さんとの時間が永遠に続くならと思いました。でも、やっぱり夢だったんですね……もう会うのはよしましょう。十回会ったら互いのことを打ち明けようということにしましたが、十回、会えませんでしたね……大事な宝物と思っていたあのビデオは、しっかりと脳裏に刻んで処分しました。私にとっては宝物だったんですが、朝乃さんにしては、好きでもない男とのビデオなんていらないでしょうし。何か言って下さい……こんなことになってしまい、私のことを疫病神《やくびょうがみ》と思ってらっしゃるでしょうね……」

やはり、何も返ってこない。

「朝乃さんのことも色々言われましたが、探偵の言ったことは嘘ですよね？」

「ええ……でも、川瀬さんの奥様に知られて大変なことになるなら……会わない方が」

やっと朝乃が口を開いた。

朝乃は何もかも調べられたことで動揺している。探偵の言ったことは嘘だと返したものの、これ以上、主水とつき合っては危険だと思っているだろう。

朝乃にあれこれ考える隙を与えないうちに、さっさと切り上げるのがベストだ。

「話せば話すほど未練が……朝乃さん、ありがとう。あなたのことは一生、忘れません」

主水は洟をすすり、泣いているように装って電話を切った。

これでやっと終わった。

深呼吸した主水は、空気が美味いと感じた。

朝乃は阿漕な探偵にゆすられるのではないかと、戦々恐々とし、しばらくは男と会うのも控えるだろう。


菜緒は全国にチェーン展開している安い居酒屋で、主水に地震のときのお礼だと言って、ご馳走してくれることになった。先日の電話はそれについてだった。

親からせびった金とわかっていたが、宮下氏の晴れやかな顔を思うと、まあいいかという気になる。

最初に会ったときの、重そうなつけ睫毛がなく、可愛い。

「おう、ゲジゲジ睫毛はどうした」

「ない方がいいって言ったじゃん」

何となく様子がおかしい。

主水をまっすぐに見ることができないでいる。

さほど呑めないようだが、水割りまで呑み出した。酔っ払うとまずいと、グラスを取り上げた。

「何だか変だな。恋でもしてるのか」

冗談で言ったつもりだった。

「お店を出たら、モンさんとふたりになりたい……アレ、できなくていいから……オユビでいいから……して」

主水は菜緒が何を言っているのか、すぐには理解できなかった。

「ん？　もしかして、ホテルに誘ってるのか？」

菜緒が神妙な顔をして頷いた。

「指じゃなく、ちゃんとアレでしてくれる男を見つけないとだめじゃないか。アレの方が気持ちいいんだぞ」

どうやら現役ではないと思われているようで、主水はそう思わせておくことにした。

ほんのりと酔った桜色の菜緒が、キャハッ！　と笑った。

（この作品「蜜ざんまい」は『蜜の味』と題して「小説ＮＯＮ」誌に、平成二十三年六月号から平成二十三年十一月号まで連載されたものを著者が大幅に加筆修正したものです）

一〇〇字書評

切り取り線

蜜ざんまい

購買動機（新聞、雑誌名を記入するか、あるいは○をつけてください）

- □（　　　　　　　　　　　　　　）の広告を見て
- □（　　　　　　　　　　　　　　）の書評を見て
- □ 知人のすすめで　　　　□ タイトルに惹かれて
- □ カバーが良かったから　　□ 内容が面白そうだから
- □ 好きな作家だから　　　　□ 好きな分野の本だから

・最近、最も感銘を受けた作品名をお書き下さい

・あなたのお好きな作家名をお書き下さい

・その他、ご要望がありましたらお書き下さい

住所	〒				
氏名		職業		年齢	
Eメール	※携帯には配信できません		新刊情報等のメール配信を 希望する・しない		

この本の感想を、編集部までお寄せいただけたらありがたく存じます。今後の企画の参考にさせていただきます。Eメールでも結構です。

いただいた「一〇〇字書評」は、新聞・雑誌等に紹介させていただくことがあります。その場合はお礼として特製図書カードを差し上げます。

前ページの原稿用紙に書評をお書きの上、切り取り、左記までお送り下さい。宛先の住所は不要です。

なお、ご記入いただいたお名前、ご住所等は、書評紹介の事前了解、謝礼のお届けのためだけに利用し、そのほかの目的のために利用することはありません。

〒一〇一・八七〇一
祥伝社文庫編集長　坂口芳和
電話　〇三（三二六五）二〇八〇

祥伝社ホームページの「ブックレビュー」からも、書き込めます。

http://www.shodensha.co.jp/bookreview/